箱は㋮のつく水の底！

喬林　知

14219

角川ビーンズ文庫

箱はマのつく水の底！

箱はマのつく水の底!
サラレギー
小シマロンの王。
聖砂国皇帝
イェルシーの
双子の兄。
コンラッド
【ウェラー卿コンラート】
前魔王の次男で、
ユーリの名付親。
現在は大シマロンに
身を寄せる。
ユーリ
【渋谷有利】
正義感と負けん気が
人一倍つよい高校生。
第27代魔王に
就任。主人公。
Tomo Takabayashi
illust. Temari Matsumoto

登場人物紹介
渋谷勝利
ユーリの兄。
5歳年上の大学生。
地球の次期魔王候補。
ブラコン。
ヴォルフラム
【フォンビーレフェルト卿ヴォルフラム】
前魔王の三男。
ひょんなことから
ユーリの婚約者に。
グウェンダル
【フォンヴォルテール卿グウェンダル】
前魔王の長男。
趣味・あみぐるみ。
国政の中枢を担う。
村田　健
通称・ムラケン。
ユーリの友人。
ごく普通の眼鏡くん
と思いきや正体は
双黒の大賢者。

本文イラスト／松本テマリ

おれの魂《たましい》は、誰《だれ》のもんなの？

1

助けて、この子をどうか助けて。

神よ、ようやく授《さず》かった息子《むすこ》を、何故《なにゆえ》私の腕《うで》から取り上げようとなさるのですか？

私にはこの子達しかないのです。私には貴方《あなた》と、この子達しかございませんのに！


悲しい夢を見た。

自分では眠《ねむ》ったつもりはなかったから、情ない話だが知らないうちに気を失ったのだろう。

後ろ姿の若い女性が、地面に膝《ひざ》をついて泣き崩《くず》れている光景だった。胸に赤《あか》ん坊《ぼう》を抱《だ》きしめているらしく、上半身を丸めるようにしていた。

おれの知り合いに病気の子供を持つ女性はいないから、テレビか映画で見た映像が記憶《きおく》のどこかに残っていたのかもしれない。とにかく悲しい、胸の痛む夢だったのだが、薄情《はくじょう》なことにおれは同情も、もらい泣きもせず、ただ黙《だま》ってその女の人を眺《なが》めているだけだ。

何しろこっちは渇《かわ》き切っていて、涙《なみだ》どころか汗《あせ》も出ない状態だ。もう何日も飲まず食わずなのに、夢のために泣いてやる余裕《よゆう》などない。

昔は夢と現実の区別がつかず、怪物《かいぶつ》が襲《おそ》ってくると言っては親のベッドに潜《もぐ》り込み、誰かがいなくなってしまったと言っては兄の部屋のドアを叩《たた》いたものだったが、今は違《ちが》う。そんな年代はとっくに過ぎているし、幸か不幸かこの場には泣きつく相手もいない。

お陰《かげ》でまったく無感動に目を覚ませた。午後の授業で居眠りをした後みたいに。

涙を流すどころか体中の水分が不足していて、瞼《まぶた》を持ち上げるのさえ辛《つら》かったほどだ。

「ああよかった、気がついたね」

「……サラ？」

だから最初は声しか聞こえなくても不安にならなかった。眼球の表面が乾燥《かんそう》しすぎているから、視界が明るくならないのだと思った。パソコン漬《づ》けの兄貴がひーひー言ってたけど、成程《なるほど》ドライアイってこんなに大変なものなんだなあと、その程度にしか思わなかった。

拳《こぶし》で強く目頭《めがしら》を擦《こす》る。

「どれくらい、眠ってた？」

「そう長い時間ではないよ。ああユーリ、そんなに乱暴にしたら……」

だがどれだけ擦っても、いつもの視力は戻《もど》らない。

何も見えなかった。

「あまり擦ってはいけないよ」

サラレギーに触《ふ》れられてようやく気付いた。

そうだ、見えなくなったんだ。

「……サラ、ここどれくらい暗い？」

「難しいことを聞くね」

それでも彼はうまく答えた。

「月のない夜よりは少し明るいよ。さっき通り過ぎた天井《てんじょう》の穴からの光が、まだ少しは届いているから。わたしにはあなたの顔が見えるけれど、普通《ふつう》の視力なら人がいるってことくらいしか判《わか》らないかな」

そう言われて顔を上げても、おれには輪郭《りんかく》さえ見えなかった。自分が目を開けているのかどうかも断言できない。ただ、サラレギーがどこにいるのかは判る。右手を斜《なな》め前に伸《の》ばして、指先が届く場所に立っているはずだ。声の聞こえる方向というばかりではなく、息づかいや空気の揺《ゆ》らぎから何となく把握《はあく》できるのだ。

不思議な感じだ。

見なくても、触れなくても彼のいる位置が判るのは、実に不思議だった。

見えていたものが見えなくなるのは、恐怖《きょうふ》だ。恐《おそ》ろしかった。まず身体《からだ》を囲む四方に何も存在しなくなったように感じ、自分がまるで真っ暗な宇宙空間にでも浮《う》かんでいるように思える。実際に周囲は暗く、足下《あしもと》さえ覚束《おぼつか》ない。一歩動けば深淵《しんえん》に落ちて二度と這《は》い上がれないかもしれない、そう思うと指一本動かせなくなる。

鼓動《こどう》が早まり、息が苦しくなった。いくら吸っても酸素が足りない。脳まで血液が届かずに、思考が停止して気が遠くなる。前のめりに倒《たお》れかけるが慌《あわ》てて踏《ふ》みとどまり、堅《かた》い土の上に両膝をついてしまう。ついてしまってからようやく気付く。

地面がある。

おれは空間に浮かんでいるわけでもなく、少し動いたからといってすぐさま落ちるわけでもない。

そしてやっとこう思えるようになる。

たとえおれには見えなくても、物質の全《すべ》てが消滅《しょうめつ》したわけではない。

周囲には空気があり、足下には大地がある。おれは生きて呼吸をして身体を起こしているのであって、死んで横たわって魂が抜《ぬ》けて浮かんでいるわけではない。たとえ見えていなくても、手を伸ばせば石の壁《かべ》に触れるだろうし、耳をすませば風の音も聞こえるだろう。

つまり世界は今までどおりというわけだ。変わったのは周りではなく自分のほう。

それを裏付けるように、空気の束が身体の横を通り抜けていった。これが風と、その音。おれは記憶に焼き付けた。そして乾《かわ》いた気体に頬《ほお》を撫《な》でられる感触《かんしょく》。これも覚えた。とにかくそうして一つ一つ確認《かくにん》していくしかなかった。恐る恐るでも前に進むためには、おれ以外のものは今までどおり存在するのだと納得《なっとく》させるしか方法はなかったのだ。

視力の大半を失ったと知ると、サラレギーはおれの肩《かた》に手を置いて言った。

「見えないの?」

彼の冷たい指が、そっと頬に触れる。

「本当に?」

湿《しめ》った土の匂《にお》いがした。

「天井に地上へ通じる穴があるよ。素手では登れる高さではないけど……それも見えない?」

「白い円が……ぼんやりとしか……」

「あんなに明るいのに!」

彼はおれの首に両腕を回し、勢いよく抱きついてきた。顔と耳に髪《かみ》が触れる。

「可哀想《かわいそう》にユーリ! 立て続けに色々なことが起こったから、心の均衡《きんこう》が乱れてしまったんだよ。重圧に耐《た》えきれなかったんだ」

「えーと、つまりストレス? ストレスか……そうかな、本当に。ストレスで目が見えなくなるもんかな……」

「大変なことが起こって、あまりに衝撃《しょうげき》が大きいと、たとえ肉体的には怪我《けが》をしていなくとも身体に変調をきたすと昔聞いたよ。きっとそれだと思う。だってあなたはどこも怪我をしていないもの。少し擦《す》り剝《む》いたくらいで、頭を打ったりはしていないでしょう？　……あの男は、死んだけれども」

あの男は。

音が聞こえるかという強さで、心臓が締《し》めつけられた。

「でもあなたは生きてる」

なのにおれは生きてる。

「大丈夫《だいじょうぶ》、治るよ。時間が必要かもしれないけど。どうせ地下にいる間は視力なんか役に立たないのだから、見えても見えなくても変わりは……ユーリ⁉」

彼の言葉が終わる前に、おれは立ち上がり、歩き出した。見えなくても構いやしない、どうせ闇《やみ》の中だ。どうせ何もかもが闇の中なんだ。片手には壁が続いている。岩と土の混ざった感触が掌《てのひら》にある。迷うも何もこの壁に沿って進むしか道はない。

ここを脱《ぬ》けるには、歩くしかないんだ。

「ユーリ、危ないよ、ユーリ！」

幾《いく》らか進んでから不意に止まり、右肩を岩壁《いわかべ》についた。両脚《りょうあし》が身体を支えられなくなり、無様にしゃがみ込んだ。

疲《つか》れ果ててそのままウトウトし、そして、短い間にあの夢をみた。

いる。

「夢をみたよ」

どんな、と訊《き》き返してはこなかったが、彼の姿は想像できた。口を閉じ、僅《わず》かに首を傾《かたむ》けている。

「女の人が泣いてる夢だった。赤《あか》ん坊《ぼう》を抱《だ》いた女の人が、神様に祈《いの》りながら泣いてた。息子《むすこ》を助けてくださいって。きっと子供が病気なんだ」

「ふうん」

「おれは後ろ姿を見てるのに、何もしてやらないんだ。声をかけることも、慰《なぐさ》めることもしない。一緒《いっしょ》に泣きも祈りもしない。嫌《いや》な奴《やつ》だと思うけど、ただ黙って見てるだけだ。目が覚めても、ああ夢でよかったとも思いもしない。酷《ひど》い夢だったな、おれにとっても、あの女の人にとっても……でも、今になって思うんだ」

「なに？」

「サラ」

おれは座り込んだまま、抱《かか》えていた膝《ひざ》をゆっくりと伸ばした。足の裏が地面を擦っていく。

「現実も酷いな」

喋《しゃべ》る度《たび》に渇《かわ》いた舌と口の粘膜《ねんまく》が引きつって、血が出るかと思うほど痛かった。だが身体以上に心が渇き、生きる気持ちが途切《とぎ》れそうだ。

歩き過ぎて靴底《くつぞこ》が薄《うす》くなったのか、小石の凹凸《おうとつ》が今まで以上に伝わってくる。

「目が覚めてみると、こっちのが酷いような気がするよ。あの女の人には悪いけど、おれにとっちゃあっちが現実で、こっちが夢だったほうがいいかもな」

だっておれにはあの人の背中が見えていたんだ。赤ん坊を抱いて泣き伏《ふ》す後ろ姿が、両方の瞳《ひとみ》に映っていたんだ。目が見えていた。そして死にかけていたのは彼女の息子で、おれの仲間じゃない。たとえ神様とやらが願いを叶《かな》えてくれなくても、死ぬのはあの赤ん坊で、おれの仲間じゃない。

彼ではない。

「……なんてこと考えてる」

おれは夢の中で彼女がしていたように上半身を丸め、両手で顔を覆《おお》った。乾いた土と、鼻を突《つ》く錆《さ》びた鉄の匂い。身体が重い。水など一滴《いってき》も飲んでいないのに、まるで雨に降られてずぶ濡《ぬ》れになった後みたいに怠《だる》かった。

「最低だ。頭だけじゃない、ここまでやられてるよ」

胸を拳《こぶし》で叩《たた》いた。緩《ゆる》く握《にぎ》った指の第二関節に、それでもしぶとい鼓動が伝わる。仲間を殺してまで生き延びている心臓だ。

「気持ちまでやられてる、腐《くさ》ってる」

「そんなことはないよ、ユーリ」

言葉はとても優《やさ》しかったが、語調はこちらが首を傾《かし》げるほど苦い。

「……そうだったらどんなに楽か」

「え？」

おれが聞き返すより先に、サラレギーは立ち上がった。体温を帯びた空気が動き、気配が離《はな》れる。そして如何《いか》にも危機を察知したという声で、短く言った。

「何か来る」

「何かって、何かじゃ判《わか》らない」

「動いてる、生き物だと思う」

地面についたおれの皮膚《ひふ》からは、微《かす》かな振動《しんどう》しか伝わってこない。

匂いも風も熱も流れてこないのに？

「鳥か蝙蝠《こうもり》……伏せて！」

サラレギーはおれの背に手を伸《の》ばし、岩と小石の混ざった路面に押しつけようとした。だがおれは身を捩《よじ》って彼の手から逃《のが》れ、壁を離れて地下通路の中程まで出て行った。ろくに立てもせず、歩けもしないまま、犬みたいに手と膝だけで這いだした。

臑《すね》の下には先程と変わらず、微かな振動があるだけだ。

「来い、来いよ！」

「ユーリ！」

サラが叫《さけ》んでいる。おれの名前を呼ぶ前に小さく舌打ちした。

「鳥だか蝙蝠だか知らねえけど、来ればいい！　ぶつかればいい！」

おれは通路の中央に立ち、両腕を広げた。すぐに立っていられなくなり膝をつくが、ぽっかりと口を開ける暗闇《くらやみ》に向かって叫んだ。

「来い！　どうせ避《よ》けられやしない、どうせ見えやしないんだからな！」

風を切る短い音がして、頬《ほお》を熱い物が掠《かす》めた。

痛みが広がるのは一拍遅《いっぱくおく》れてからだ。

馬が嘶《いなな》き、前肢《ぜんし》を宙に浮《う》かせたので、ウェラー卿《きょう》コンラートは手綱《たづな》を握り直し、前を行くへイゼル・グレイブスに尋《たず》ねた。

「今のも？」

「地震《じしん》だろうね。乗って揺《ゆ》られてるだけのあたしたちには判らないが、大地に脚《あし》をつけてる動物は敏感《びんかん》なものさ。自分が走っていようが止まっていようが、ちょっとの変化も見逃さない」

「この国に地震が多いとは聞いていなかったな」

「多いという程《ほど》でもないさ、そんなに大きくもないしね。こんなの石造りの都会に居りゃあ気付かないくらいの揺れだろう。王都の住人なら知らないことだよ」

彼等は都市を発《た》ち、馬を連ねて、もう五日近く砂漠《さばく》を旅していた。

見渡《みわた》す限り黄色がかった白だ。砂とも呼べない乾燥《かんそう》した土の上を、五頭の牡馬《おす》で進んでいる。ウェラー卿とベネラことヘイゼル、それに彼女の仲間が三人だ。本来なら全速力で駆《か》けたいところだが、替《か》えの乗り物なしでは無理がきかない。自分達よりも馬を気遣《きづか》い、余力を残して、騙《だま》しだまし前進するしかないのだ。

それでもユーリたちに追いつくにはまだかかるという。徒歩と騎馬《きば》であるにもかかわらず、先行する三人になかなか追いつけないのは、迂回《うかい》する地点がやたらと多いせいだ。直線距離《きょり》で進む分、地下通路は早い。

振《ふ》り返ってももう王都は見えず、前後左右を見回しても、目標となりそうなものは何一つない。

「あの子を案じているね」

ヘイゼルが速度を落とし、馬を並べた。

「危険な地下通路だと聞けば、案じもする」

「だったらどうして一人で行かせたりしたんだい。恐《おそ》ろしい場所だと言っておいたはずだよ」

「一人では……」

「そうそう、あのフェンウェイパークの四番みたいな男が一緒だっけ。だけど後になって心配するくらいなら、縛《しば》り付けてでも手元に置いておけばよかったんだ。あたしならそうするよ」

ヘイゼルは頰の皺《しわ》を深めて笑ってみせた。

「もっともあたしの孫はとんだやんちゃ娘《むすめ》で、縛った縄《なわ》ごと駆けだしてしまうような勢いだったがね。それでも独り立ちさせる時には、あたしなりに気を遣ったもんだけど、本当のところあの子はもう何もかも自分で片を付けられたんだ。あたしの用意した相棒なんて、必要ないくらいだったのさ。けどあれはあれで非常口代わりの役には立ったと思うよ。前もって脱出《だっしゅつ》口を確保するよりも、前進するほうがずっと得意なタイプだったからね」

「エイプリルは聡明《そうめい》でした。箱の始末もきちんとつけた」

「じゃああんたの主《あるじ》は、聡明じゃないとでもいうのかい？」

「それは……」

コンラッドは言葉に詰《つ》まった。彼にとってユーリは特別だ。誰《だれ》と比べても劣《おと》るところなど見当たらない。比べること自体が不敬だとも思う。現にユーリは……彼の最愛の主は、自分が離《り》反《はん》してからも充分《じゅうぶん》すぎるほど立派にやっている。

一癖《ひとくせ》もふた癖もある臣下達を束ねて、滞《とどこお》りなく国政を執《と》り行っているではないか。

考え込む彼を見て、ヘイゼルは朗《ほが》らかな笑い声をたてた。

「やれやれ。いくつになっても親にとっちゃ子供は子供ってことかね」

だがすぐに年齢《ねんれい》に見合った真顔になった。

「聖砂国《せいさこく》の連中がここを砂漠と呼んでいるのは、国を出たことがないからさ。彼等は暑い土地の砂漠を知らない。土は乾燥してサラサラだし、水もなく草一本生えていないが、サハラを歩いた者に言わせればこれは砂漠じゃない。凍土《とうど》か凍原《とうげん》の夏季がこんな感じだったよ」

「確かに」

「アフリカに行ったら神族なんて溶《と》けちゃうだろうね」

ヘイゼルの言葉どおり、広がる大地は熱砂とは程遠かった。

冷たい風が黄色い粒《つぶ》を巻き上げ、ともすれば目や喉《のど》に入りそうになるので、全身を覆う装束《しょうぞく》は外せない。しかし日差しが強い割には、正午を過ぎても気温は一向に上がらず、太陽が離れていることを示していた。

気温と乾燥に気をつけさえすれば、過酷《かこく》な旅という環境《かんきょう》ではない。

「足を取られるほどの砂でもないし、この程度の気候なら馬でも充分旅ができる。迂回しなければならない起伏《きふく》があるにしても、地下に大規模な通路を造るまでもないだろうに。先世の神族は一体何故《なぜ》、墓場まであんな通路を」

「迷わないためかもしれない。ここには何の目標もないからね。旅に不慣れな者なら、迷った挙げ句に草もない大地の塵《ちり》となるだろう」

「砂溜まりに呑まれれば危険かもしれないが、それでもあなたの言う不吉な地下に比べれば、こちらのほうが余程気楽に思える」

「さあねえ。肥車引きの婆《ばあ》さんじゃ、仕事帰りにちょいと古文書にあたるってわけにもいかないからね……アチラ！」

ヘイゼルは軽く片手を挙げて、仲間の内の一人、白黴《かび》が生《は》えたような髭《ひげ》を持つ男を呼んだ。アチラは上陸した時から通詞としてついていた人物で、本来なら奴隷《どれい》の身分ではないが、公開処刑《しょけい》で従兄弟《いとこ》を助けられたために、地位を擲《なげう》ってこの行程に参加しているのだ。他《ほか》の二人は作戦決行時に突貫《とっかん》救出チームを組んだ男と、逆に命を救われた囚人《しゅうじん》だ。四十代の痩《や》せ過ぎた男は、首に縄を掛《か》けられても平然としていたが、実のところ「小便ちびりそうなくらいビビって」いて、それを誤魔化《ごまか》すために大声で歌っていたらしい。

この、骨と皮ばかりの元囚人がアチラ氏の従兄弟だ。以前は歌い手として王宮にも呼ばれていたらしいが、ある切っ掛けで外海帰りとなり、最も過酷な収容所に送られていた。ユーリが望むジェイソン・フレディ救出には、この男の道案内が欠かせないだろう。

「アチラは通訳という法術の達人だそうだよ。あたしには語学の得意なお髭ちゃんにしか思えないんだけどね。でも彼なら王都の蔵書を読み放題だ、地下通路の謂《い》われも知っているかもしれない。アチラ、墳墓《ふんぼ》への地下道を……」

ヘイゼルはすぐに聖砂国語に切り替える。魔族《まぞく》とヘイゼルは実用重視の英語で話し、ヘイゼルと仲間達は聖砂国語で話す。神族と魔族が会話をするには、彼女に英語に訳してもらうか、アチラのような通詞を介《かい》するしかない。少々不便だが、意思の疎通《そつう》ができるだけでもありがたかった。

「チカヲ？」

ちょっと片言《カタコト》だが。

「地下、通る、遺体」

「遺体……死者が通るのか？」

通訳が深く頷《うなず》いた。

「葬列《そうれつ》を？」

を？　と質問口調で言われても困るのだが、推測によると件《くだん》の地下通路は、死者を墓まで送る葬列のための設備なのだろうか。

「王族の遺体、王族の墓、葬列」

「つまりこうだよウェラー卿、あの通路は王族の遺体を墳墓まで運ぶ葬列のために造られたんだ。直線距離で、墓場まで死体まっしぐら」

「成程……死者を光に当てないようにするわけか。宗教的な理由なら考えられなくもない。しかし数百年前までは、人が住んでいたと聞くが」

「住人、ソーギヤ」

「何？」

大胆《だいたん》な意訳を聞いて、ウェラー卿は眉《まゆ》を上げた。

「住人達こそが、葬列の担《にな》い手だったそうだよ。つまり大規模な葬儀屋集団かね」

「それはまた、特殊《とくしゅ》な……葬儀《そうぎ》屋？」

だが王族の遺体を、いくら日の光に曝《さら》さないためとはいえ、奴隷の中でも下層階級だったという地下の住人に託《たく》すだろうか。それとも彼等はこういったことの専門家で、王都から離《はな》れた墳墓まで死体の傷《いた》みを最低限に抑《おさ》える技術を持っていたから、遺族もやむなく彼等に任せていたのか。例えば……。

「ミイラ化させるとか？　だったらノーだ。あたしの知る限りでは、棺桶《かんおけ》の中身は、ごく普通《ふつう》のスピードで朽《く》ちていっていた。来世でも同じ肉体を使おうとは思っていないようだよ」

「墓の中を見てきたあなたが言うのなら、そのとおりなんでしょう。けれどそうなると地下住民の存在する意味が、尚更解《なおさらわか》らなくなりますが」

通訳が早口で何事か言い、ヘイゼルは目を丸くした。何十年かぶりにOMG《オーマイゴッド》と叫《さけ》びそうになっている。

「生者は通ることを許されないだって⁉　聞いたかいウェラー卿、どうやらあたしがあの穴蔵から生きて出られたのは、何かの奇跡《きせき》らしいよ！　神様ありがとう」

まるで奇跡でも起こらなければ生還《せいかん》できないような言い方だ。彼女自身もそれに気付いたらしく、すぐに言葉を加えた。

「大丈夫《だいじょうぶ》、あんたたちの陛下にだって仏様がついてるだろう。若い頃《ころ》にチベットで過ごしたことがあるけれど、とても貴重な体験だった。仏陀《ブッダ》はどんな者も拒《こば》まないと教えられたよ。だったら陛下みたいな素晴《すば》らしい子を、厄災《やくさい》から守ってくれないはずがない。それに葬儀屋集団だから特別だといったって、地下住民だってちゃんと生きていたんだから、全《すべ》ての生者が拒まれるわけではないんだろうさ。そう悲観的になりなさんな」

「デモ！」

英語が理解できているのかいないのか、アチラが会話に割って入った。

「地下の住人、生きてたけれど、記録された」

手綱《たづな》を放し、両手で本を開く動作をしている。文書に記されていたと言いたいのだろう。

「多くの者が盲者かもだ」

「目が見えなかったっていうのかい？」

「……まさか」

コンラッドは呟《つぶや》いた。急に喉の渇《かわ》きを覚えた。

2

「ちょ、ちょっと待て。あの張り切りまくってラジオ体操を始めてるお年寄りは何だ!?」

「どうやら潜《もぐ》る気満々みたいデスネー」

夜間、異国の湖に浮《う》いた照明も控《ひか》えめなボートの端《はじ》っこで、日米の学生二人は額を付き合わせていた。中央では年齢不詳《ねんれいふしょう》のサングラスの男が、下半身だけウェットスーツというイカした姿で、入念に準備運動をしている。

「むっほ、むっほ、むっほ、むっほ」

意外といい腹筋だ。

「潜るってお前、グラサンのままで、しかも夜なのに……石原《いしはら》軍団USA支部かよ」

「それを言うならショーリだって眼鏡《めがね》も外さずに」

「俺はいいんだ俺は。眼鏡は顔の一部だからな」

「オーぅ、それはグラサン差別ではないデスカー?」

こいつらにはもっと眼鏡男子への尊敬の念を植え付けなければならない、と渋谷《しぶや》勝利《しょーり》は思った。サングラスをかければ誰《だれ》でもそれなりに男前には見えるが、眼鏡をかけて恰好《かっこう》良くなる男は限られている。いくら流行のデザインを取り入れたからといって、元が良くなければお話にならない。つまり貴重だ。サングラスに頼《たよ》り、コンタクトレンズに阿《おもね》ることなく、オーソドックスな眼鏡だけで勝負できる人間は、希少価値を認められてもっと尊敬されるべきだ。

なのに現実はどうだ。

「眼鏡の上からゴーグルするつもりですかー？」

「そりゃそうだろ、外したら箱探すどころじゃねーよ」

「あぁはぁーん？」

教材ビデオに出てくるアメリカ人みたいに両肩《りょうかた》を竦《すく》められた！

「それ以前にあんたら潜れんのかよーぅ？」

飛行機とボートを操縦してきたアジア系の男が、間の抜《ぬ》けた調子の英語で聞いてきた。キャビンの屋根に座って短めの両脚《りょうあし》をブラブラさせている。呑気《のんき》なもんだ。その隣《となり》では相変わらず強面《こわもて》のカリブ系フランス人、フランソワが、むっつりとした顔で腕組《うでぐ》みをしていた。彼等は知り合いだったらしく、空港で紹介《しょうかい》された時に、勝利には聞き取れない言語で挨拶《あいさつ》をしていた。

アジア人の名前はＤＴＪ、何処《どこ》かのテーマパークみたいな呼び方だから、恐《おそ》らく本名ではないだろう。

彼はチャーター機のパイロットで、ボブやアビゲイルとも旧知の仲らしかった。空を飛ばせたら天下一品という話だが、ヤンキースのキャップと縦縞《たてじま》のシャツ、それにやや下膨《しもぶく》れの顔つきのせいか、年齢がさっぱり判《わか》らない。勝利より年下の気もするが、いくら自由の国アメリカだって、そんな若さでは航空機の操縦免許《めんきょ》は取得できまい。しかし口だけは憎《にく》らしいほど達者で、初対面にもかかわらず勝利に喧嘩《けんか》を売ってきた。

「日本人か。言っておくがオレの名前の最後のJは、ジャパンのJじゃないからな」

そう強調するところをみると、日本にあまり良い印象を持っていないらしい。

年齢不詳のアジア人と強面のフランス人は、見れば見るほど奇妙《きみょう》な取り合わせだった。

「ダイビングの経験がないなら正直に言ってくれよー？　いくらオレサマが民間トップガンだといっても、一度に二人も三人も救助はできないかんなー」

「なんだその民間トップガンてのは。浪花《なにわ》のモーツァルトの親戚《しんせき》か何かか!?　ああ潜れるさ、潜れますとも。当たり前だろ、俺は日本人だぞ、ちょっと湖に潜るくらい何てことたない！」

日本人の半分くらいはサムライとゲイシャでできているが、もう半分は海女《あま》と漁師でできているのだ。都知事候補のスーパー大学生にできないはずはない。あの悪名高いガチャピンだって、南の海でお魚さんと戯《たわむ》れていた。ムックの血筋でない限りは大丈夫。

勝利はぴっちりしたゴムを肩まで引き上げた。予想以上のきつさだ。これでファスナーを首まで閉めたら、乳首の位置が確認《かくにん》できそう。

「むっほ、むっほ、むっほ、むっほ」

ボブは準備体操に余念がない。

「今のうちにサクッと済ませちゃおうぜ」

勝利はインストラクターの資格を持っているというアビゲイル・グレイブスをこっそり急《せ》かした。

それにしても世界には驚《おどろ》きの人材がいるものだ。空港でポッンと座っていた錦鯉《にしきごい》女が、実は世界に名だたるトレジャーハンター（自称《じしょう》）で、その上チアリーダーでダイビングのインストラクターで間違《まちが》った日本通だったなんて。ご近所では優秀《ゆうしゅう》なお兄さんで通っている勝利だが、経歴で少々圧《お》され気味だった。

この調子では今後もどんな逸材《いつざい》が現れるか判ったものではない。何しろ自家用航空機、名付けてボブ・エアーを持つ経済界の魔王《まおう》が、商店街でサンバをエンジョイしている世の中なのだ。昨日までは単なるガンオタだと思っていた男が、非常に頼《たよ》れるニュータイプだったりする可能性もある。

……そのとおりだった。

何事も、先立つものは金だ。

誰かを出し抜き、素知らぬ顔で先回りしようにも、資金がなければどうにもならない。たとえそれが正しい行いであってもだ。

「有り得ないよね、キャッシュでチケット買うと怪《あや》しまれるって。いつもニコニコ現金決済、そのほうがずっと健全じゃないか。カード破産する心配もないし」

「アメリカをー、責めないでー」

「別に特定の国家を責めてるわけじゃないよ」

村田健《むらたけん》はただ単に、現金支払《しはら》いに一瞬《いっしゅん》だけ不審《ふしん》な顔をした職員に対して、不満をぶつけているだけなのだ。一介《いっかい》の高校生が持つカードなんて、限度額は高が知れている。所詮《しょせん》サラリーマン家庭、所詮家族会員だ。

だからってキャッシュで払おうとすれば、何それそのお金どうやって手に入れたの？　という疑いの目を向けられる。この国には株で儲《もう》けたり会社を興したりして、若いながらもがっつり稼《かせ》いでいる学生もいるが、それと同じかそれ以上に、犯罪行為《こうい》に手を染めている若者も存在するからだ。

「まったく、僕が運び屋なんかしそうに見えるのかな。麻薬《まやく》ごときで人生棒に振《ふ》る気はないよ」

冷静さを取り戻《もど》そうと、村田は大きく息を吐《は》いた。

「確かにもっとヤバい物は運んだけどさ」

「それはきみじゃないでしょ、健ちゃん」

「知ってる、判ってる。大丈夫、ちゃんと区別できてるよ」

結局、ニューヨークからの乗り換《か》えチケットはロドリゲスが購入《こうにゅう》した。

彼は保護者役を演じるのが楽しいらしく、笑い皺《じわ》をいっそう深めて付き添《そ》っている。ゴーグルを外し、慣れないジャケットまで着て、精一杯《せいいっぱい》親ぶっていた。ホセ・ロドリゲスは優秀な小児科医だ。職業に選ぶくらいだから、元々子供の世話は嫌《きら》いではない。自分が手掛《てが》けた子供であれば尚更《なおさら》だ。

専用機でスイスへと発《た》ったボブたちとは別行動をとり、村田とロドリゲスは成田からニューヨークへ、そしてニューヨークからマサチューセッツ州のローガン国際空港へと移動していた。

「日本人は幼く見えるんだよねー。きみだってきっと中学生の一人旅に見えてるはずだよー」

「中学生だって飛行機に乗るよ。大事な友達を捜《さが》すためならね」

「そうだけど。こっちはそういうの厳しいんだ。離婚《りこん》した父親が息子《むすこ》を連れ去っても、誘拐《ゆうかい》扱《あつか》いされるくらいだからねー」

「ヒスパニックの中年男と日本人の学生が一緒《いっしょ》に歩いてるほうが、ずっと怪しく見えると思うんだけど……ああもうドクター、そんな情けない顔しないでよ。ボブから離《はな》れて僕についてきてくれただけでも感謝してるんだから。それより……」

午後の国際空港はけっこう混雑している。観光シーズンでもないのに、スーツケースを転がす人々も少なくない。はぐれないよう隣を歩きながら、村田は痩《や》せたメキシコ人を見た。

「この先大丈夫《だいじょうぶ》なの？　彼の意に背《そむ》くような真似《まね》をして。仕事に差し支《つか》えたりしなければいいけど」

「なーに言ってるの健ちゃん。オレはしがない小児科医だよー？　ボブが圧力かけようにも、儲かってもいない診療所勤務《しんりようじよ》じゃ手の出しようもないって。もっとも、彼はそんなことする人じゃないけどね」

「よかった。あっちを通さずに直接連絡《れんらく》もらった時から、それだけが心配だったんだ」

「うん。だって健ちゃん、ボブより先に知りたいだろうと思ったから」

「もちろん」

ロドリゲスの属する集団のトップは、現在勝利達と一緒にスイスにいるはずのボブだ。重要な情報を村田に伝える際、ボブを通さないのは裏切りととられても仕方のない行為だった。

ロドリゲスから『箱』に関する情報をもらったのは、ほんの数週間前だった。もしきみがそうしたいなら、ボブにはきみから報告してくれてもいい。彼は電話を切る直前にそう言った。だから村田は咄嗟《とつさ》にこう答えたのだ。「様子を見たい」と。

「この先どうするのかは、きみ次第《しだい》だけどね」

「というより寧《むし》ろボブ次第だよ。僕の中での彼の評価はガタ落ちだ。いくら渋谷兄の望みを叶《かな》えてやりたいからって、『鏡の水底《みなそこ》』を使うなんて言い出すから」

「うーん。普段《ふだん》はそんなに考えなしな人じゃないんだけどねえー。ジュニアのこととなると親バカになっちゃうのかなあ」

「親子じゃないのに？」

　小児科医は照れたような笑いを浮《う》かべながら、節の目立つ小枝のような指で、伸《の》び過ぎた前髪《まえがみ》を掻《か》き上げた。頬《ほお》にはまだ後《おく》れ毛が残っている。

「そこはそれ、オレにも気持ちは解《わか》るけどね。ところで親といえばきみのほうこそ、パパとママは大丈夫なの？」

「大丈夫、二人とも鍵《かぎ》持ってるから」

　そういう問題じゃ……という顔をされてしまう。とはいえ現実だから仕方がない。

「いい意味で無関心、いい具合に放任主義だよ。友達の家に泊《と》まるって書き置き残せば捜しもしない。実のところ友達の名前なんか一人も知らないから、捜そうったって無理なんだけどね。学祭休暇《きゆうか》の一週間、旅行するって言ってある。大丈夫、ケータイにかけりゃいつでも通じるって安心してるから、宿泊《しゆくはく》先なんか確かめないよ」

「健ちゃん」

　生まれる前に彼の保護者だった男は、僅《わず》かに眉《まゆ》を寄せ、困ったように口端を下げた。

「寂《さび》しくないの？」

「寂しいって、なんで？」

　幼稚《ようち》な言葉を叫《さけ》びながら、二人の脇《わき》を少女が駆《か》け抜《ぬ》けて行った。母親らしき女性が、青いベンチで手招きしている。フランス語で小言を言いながら膝《ひざ》に抱《かか》え上げ、腰《こし》にしっかりと腕《うで》を回した。ローガンには多数の航空会社が乗り入れている。此処《ここ》からヨーロッパへと向かう客も多い。ロドリゲスはその光景を目で追いながら、自分自身に問いかけるように呟《つぶや》いた。

「……誤った選択《せんたく》をしたかな」

「何を」

「きみの家族だよ。ボブは渋谷リトルが生まれる場所として、完璧《かんぺき》なファミリーを選んだけど、きみの家となる候補を選んだのはオレなんだよね。実は香港《ホンコン》の富豪《ふごう》で、なかなか跡取《あとと》りに恵《めぐ》まれない一家と最後まで迷ったんだ。前の人も、ほら、そのー、香港在住だったよね？　でも結局、日本人のごく普通《ふつう》のご夫婦に託《たく》したんだけど……間違《まちが》ってたかなぁ。もしかして生まれながらの大金持ちで国際派の坊《ぼっ》ちゃんのほうが良かったのかなー」

「はあ？」

いきなり何を言いだすのかと呆《あき》れて、村田は歩を緩《ゆる》めて、相手の顔をまじまじと見た。

「だって、家族愛に恵まれてないみたいなこと言うから、あんまり幸せじゃないのかなーと思って」

「そんなことないよ、ドクター！」

勝手に想像されてはたまらない。既《すで》に日本人として成長した本人は、もう一つの選択肢を慌《あわ》てて否定した。

「生まれついての大金持ちってのにはちょっと惹《ひ》かれるけど、一旦《いったん》あっちに生まれちゃったら、日本に来るまでに手間がかかる。跡取り息子じゃそう簡単に移住ってわけにもいかないし、出会うまでに余計な時間がかかるじゃないか」

「誰《だれ》に？　ユーリちゃんに？」

「そう。だから日本で大正解」

「それはさー、健ちゃん」

爪《つめ》の短い人差し指で、小児科医は眼鏡《めがね》を押し上げた。流行遅《おく》れのフレームが鼻からずり落ちかけている。

「……愛ある家庭を諦《あきら》めてでも、手に入れたかったものなの？」

「そうだよ」

つられて自分も眼鏡を押さえながら村田は頷《うなず》いた。

「そう、今度こそ手に入れたかったんだ。別に新しい魔王《まおう》が欲しかったわけじゃない。何もかも話せる相手が欲しかったんだ。隠《かく》し事をしなくて済む仲間が、友人が欲しかった」

心を開こうとしなかったフランス人も、記憶《きおく》を認め追及《ついきゅう》しようとしなかった可哀想《かわいそう》な娘《むすめ》も、得られなかったもの。

「僕はずっと渋谷有利が欲しかったんだ」

自分はそれを手に入れた。

「今が一番幸せだよ」

て続ける。

だから絶対に失いたくない。誰を敵に回しても。

握《にぎ》った拳《こぶし》に一瞬《いっしゅん》だけ力がこもった。だがそれをすぐに身体《からだ》の内側に戻《もど》し、陽気な調子を装《よそお》っ

「それに、誤解があるようだから弁解しておくけどねドクター、あの人達……うちの両親は僕のことを大好きだと思うよ？　ただ僕があまりに問題なく成長しちゃったから、親としてちょっと油断してるだけなんだな。優等生だからね、信用されてるんだ。きっと僕がいきなり街頭で合法ドラッグでも売り始めたら、血相変えて更正《こうせい》させようとすると思う。それこそ仕事を擲《なげう》ってでも。ああけどその前に、父親はショックで倒《たお》れちゃうかも」

「優等生がいきなりドラッグって、人生の転落激しすぎだよ。おっとと」

すれ違おうとした青年のバックパックが肩《かた》に当たって、ロドリゲスはよろめいた。彼は至って健康だが、枯《か》れ木《き》みたいに痩せている。長期旅行者のスーツケースと比べたら、向こうのほうが重いんじゃないかと疑うほどだ。

「でも僕等、庶民《しょみん》の生まれだけど、旅行スタイルだけはかなりの達人だよね」

ボブと勝利の予想外の行動に驚《おどろ》き、取る物も取り敢《あ》えず空港に駆け込んだので、手荷物といえば財布とパスポートくらいだった。

ガイドブックを買った書店のビニール袋《ぶくろ》に財布を突《つ》っ込み、濃紺《のうこん》の冊子だけを内ポケットに入れている。着替《きが》えや洗面用具は現地調達の予定だ。移動を考えたら身軽なほうがいいとはい

え、とても海外旅行中とは思えない。しかしそのお陰《かげ》で大混雑のバゲージクレームを横目に、「Welcome to Boston」の下をさっさと通過できた。

「その点はご心配なく。目的地のフリーポートはアウトレットで有名な街だよ。上から下までブランド品でビシッと決められるからね」

「ブランド物のスーツが必要なのはそっちじゃない？」

村田は同行者の全身を眺《なが》めた。ヨレヨレのジャケットはそこらの量販店《りょうはんてん》で売っていそうな安物で、ステータスにまるで見合わない恰好《かっこう》だ。勤務医とはいえそれなりに権威《けんい》のある小児科医なのに、気を遣《つか》わないにも程《ほど》がある。彼こそこの機会に一式揃《そろ》えればいいのだ。全米小児精神科医学会で演台に立てるようなまともなやつを。

「……アウトレットはどうでもいいけど、まあ僕は、行く先がボストン市内でないだけでもありがたいよ」

ボストンには、過去を想起させる様々なものがありすぎる。ビーコンヒルにはグレイブス家があるし、チャイナタウンには今でも生まれ育った店が残っているだろう。

もちろん村田自身の過去ではない。けれどふとした切《き》っ掛《か》けで、我が身に起こったことのように甦《よみがえ》る場合もある。避《さ》けられるものならば、そうするに越《こ》したことはない。

独白を聞かれたかどうかは判《わか》らなかった。

一方スイス班は、避けられそうにない事態に直面していた。

水上は投光器で眩《まぶ》しいくらいに照らされ、勝利達の乗ってきたボートは、ミリタリーグリーンの集団に包囲されている。

彼等は武装していた。しかも銃《じゅう》の筒先《つつさき》は、あろうことか渋谷勝利・ボブ御《ご》一行様だ。岸辺の待機組を除《のぞ》いて、小型艇《てい》で接近して来た者達だけを数えても、軽く二十人は超《こ》えるだろう。

「二十四の瞳《ひとみ》……じゃなかった、二十もの銃口が、俺に」

「流石《さすが》のワタシも二十は記録デース」

こういう時こそ頼《たよ》りにしたい存在であるボブは、まだ準備運動モードから抜けだせていない。ラジオ体操第一、腕を前から上に背伸《せの》びの運動！の途中《とちゅう》のポーズで、うまいことホールドアップしている。

残る四人も皆《みな》、顔の横に手を挙げていた。二十もの銃口が向けられていれば、どんな超人《ちょうじん》でもにっこり笑って抵抗《ていこう》をやめるだろう。

「しかし一体何で俺達が警察のお世話にならなきゃいけないんだ。まだ箱を引き上げるどころか、潜《もぐ》ってもいないんだぞ。それともここは、えーとあれか、遊泳禁止か？」

遊泳禁止の取り締《し》まりにしては随分《ずいぶん》と大掛かりだ。

とぼけた勝利のコメントに、アビゲイルがあまり深刻ではなさそうに専門的なことを言った。

「ショーリったら。この連中は警察じゃなくて軍隊よ。よく見て、三八口径じゃなくて九ミリを持ってるでしょ？」

「よ、よく見ても判らねえ」

「わぁ、これぞ日本人！　って感じ」

アビゲイルが軽い調子で言う。事も無げに言ってはいるが、勝利相手にもかかわらず、使用言語が英語に変わっていた。口ほどには余裕《よゆう》がない証拠《しょうこ》だ。勝利にとっては銃器の口径など区別がつかない。それどころか敵兵の三人に一人は、マシンガンを持っているようにも見える。

「軍隊だとしたら尚更《なおさら》だ、何で俺達が軍に取り囲まれなきゃなんないわけ？　ていうかそれ以前にあの武器で撃《う》たれたら、痛い、やや痛い、死ぬほど痛いのどれだろう」

「痛くねーよ、その前に死ぬかんな」

自称《じしょう》・民間トップガンことDTJがぼそりと呟《つぶや》くと同時に、彼等のボートが大きく揺《ゆ》れた。取り囲んでいた兵士達が、警告の言葉を口々に叫《さけ》びながら乗り込んできたのだ。何を言われているのか勝利にはさっぱり判らない。スイスって主要言語は何語だっけ、スイス語だっけ？

アビゲイルが鬼気迫《ききせま》る表情で、語気荒《あら》く怒鳴《どな》り返している。

「ぐ、グレイブス、そんなに怒《おこ》らずに、ここは下手に出ておいたほうが……」

「怒ってない！　ドイツ語で反論するとそう聞こえるだけ！　でも取り敢えずスイス軍で良か

ったーぁ」

「なんでだ？」

「うち、曾《ひい》グランパがドイツ人なんだけど、困ったことにうちの曾お祖父《じい》ちゃん、戦犯扱《あつか》いでドイツ本国に出入り禁止なの」

「お前のじーさんは何やらかしたんだよ⁉」

アビゲイルがドイツ語で怒鳴り、ボブがフランス語で凄《すご》み、フランソワが顔色も変えず黙《だま》り込み、DTJが鼻を穿《ほじ》りながらFuck Fuck言っている。

勝利はぴっちぴちのウェットスーツ姿で天を仰《あお》ぎつつ、ヘルメットを被《かぶ》った若手芸能人が、『どっきり』と書かれた札を持って現れるのをひたすら待ち続けていた。


迎《むか》えに来ていたレンジローバーには、四十近いのに黄色いキャップに全身緑という、奇妙《きみょう》な恰好の運転手が寄り掛かっていた。茶色の癖毛《くせげ》で大柄《おおがら》な男だ。

ロビーから出てきた村田とロドリゲスに気付くと、パクついていたドーナッツを取り落として敬礼する。運転手が敬礼？　村田は不審《ふしん》に思ったが、ロドリゲスはそういう態度に慣れているらしく、右手を軽く挙げて返礼をした。

「やあマシュー、久し振《ぶ》り。ちょっと雰囲気《ふんいき》変わったねー。もしかして今は……軍曹《ぐんそう》なの？」

「ご無沙汰《ぶさた》いたしておりますです艦長殿《かんちょうどの》っ！　いえそのー、自分は生涯《しょうがい》一連邦《れんぽう》軍兵士であり続けたいのですが、しかしですなそのー、息子《むすこ》が地球侵略《ペコポンしんりゃく》をせがむものですからー。艦長殿は現在はスーツ組でありますか？」

「うん、まあ色々あってね。そうそう、東京でお土産《みやげ》買ったんだけど、荷物になるから自宅に送っちゃったんだよね。あとできみたちにも分けるから」

「光栄でありますッ、艦長殿っ」

名誉《めいよ》というより土産物の中身を想像して涎《よだれ》を垂らしそうな運転手は、アメリカンタクシーにあらざる態度で後部座席のドアまで開けてくれた。

「紹介《しょうかい》するね、健ちゃん、彼はマシュー・オールセン。ホワイトベース時代からのお友達だよ」

ホワイトベース時代って何だろう。米ソ冷戦時代とか鎌倉《かまくら》時代とか、そんなようなものと捉《とら》えていいのかな……とそこまで考えたときだ。不意に村田の脳裏《のうり》に、幼少時に受けたロドリゲスの診察《しんさつ》が甦った。小児科医は最初にこう訊《き》いてきた。

『好きなモビルスーツはなぁに？』

「……ということは、もしかして、いやもしかしなくても、二人はガンダム繋《つな》がりなんだね」

ロドリゲスとマシュー・オールセンは満面の笑《え》みで肩を組んだ。

「そうそう。ガン友よ永遠に、さー」

しかし年月は人を変える。

どうやら息子の影響《えいきょう》で他《ほか》のアニメにも興味を持ち始めたらしいマシュー・オールセンは、ルームミラーにまで緑の何かをぶら下げていた。とっても蛙《かえる》好きのようだ。

「向こうには空の遺伝子を持つ男……の孫がいるから、こっちにも助っ人としてマシューを呼んだんだよ。それに彼はこれから会う人とも知り合いだしねー」

ボブ・エアーの専属パイロットがDTという天才操縦士の孫である話は聞いていた。だがそんなご大層な二つ名を持つ孫の相手が、ガンオタオールセンで見合うのだろうか。まあいい、普通車輌《ふつうしやりよう》の通る市街を運転するだけなら、そこらの高校生でもこなせる。

と、走り出した車窓の外に目をやると……。

「ちょっと待って!? 今、オレンジ色の水陸両用みたいな車輌と擦《す》れ違《ちが》ったよ!? ひょっとしてボストンって、白昼堂々市街で軍事演習があるの!?」

「あー、あれは違うでありますよ。単なる面白《おもしろ》ツアーの一環《いつかん》であります」

「面白ツアー!? 軍隊かと思ったよ」

感心するやら呆《あき》れるやらで、これまで維持《いじ》してきた緊張感《きんちようかん》が一気になくなった。肩《かた》から力が抜《ぬ》け、雨に濡《ぬ》れたぬいぐるみみたいにシートに背を預ける。すると車内の暖かい空気のせいか、快い睡魔《すいま》に包まれた。機内でもろくに眠《ねむ》れなかったのだ。

「……軍隊といえばさ」

自然と頬《ほお》が緩《ゆる》んだ。

「今頃《いまごろ》あの人達、スイスとドイツの特殊《とくしゅ》部隊に取り囲まれてるかもしれないな」

「特殊部隊⁉」

「うん、まあ特殊部隊とはいかないまでも、X-File系事件の担当部署が、睨《にら》みを利《き》かせてるのは確かだ」

「何でまたそんな物騒《ぶっそう》なことに」

「情報を流したからだよ。コンフェデラチオ・ヘルヴェティカ、スイス連邦当局にね」

当局って一体どこのことだ、と村田自身もこれまで常々思ってきた。だが実際に利用する段になると、自《おの》ずと分かってくるものである。

「あとちょっとだけ、ドイツの素人《しろうと》研究家にも。第二次世界大戦中にナチスが血眼《ちまなこ》になって探していたオーパーツがボーデン湖に、って……」

村田はこみ上げてくる笑いを噛《か》み殺した。

「ネット上の噂《うわさ》には、長ーい尾鰭《おひれ》がつくもんだよね。多分ここ数週間、現場では、夜になると赤い目のボッシーや巨大《きょだい》な足跡《あしあと》のボーデゴンが出没《しゅつぼつ》してるかも」

「そんな恐《おそ》ろしいことして」

「敵の気を引くためだ、仕方ない。皆でボーデン湖の『鏡の水底《みなそこ》』に集中してくれれば、こっちの邪魔《じゃま》する奴《やつ》が減るだろ」

「でも……」

随分昔にこの高校生のカウンセリングをした小児科医は、中途半端《ちゅうとはんぱ》に後ろで括《くく》った髪《かみ》を弄《いじ》った。楽天的な彼にしては珍《めずら》しく、不安を隠《かく》しきれない様子だ。彼は村田ほど攻撃《こうげき》的な作戦を望んでいないらしい。

「当局に知れたら専門家が介入《かいにゅう》するよ。そうなったら渋谷ジュニアとアビーだけの時よりずっと厄介《やっかい》じゃないか。もしもどっちかが本当に『鏡の水底』を引き上げちゃったら……」

「有り得ない」

「なんで？」

「無いから」

何の反応も得られないので、もう一度同じ一言を繰《く》り返す。するとようやく流行遅《おく》れのフレームの向こうで、笑い皺《じわ》が伸《の》ばされ、細い目がいっぱいに見開かれた。

「無いって、箱が？」

「そう」

「湖に？」

「うん」

「だって、箱は水の底に沈《しず》めたって、きみ……」

「言ったよ」

隣《となり》のシートで唖然《あぜん》とする同乗者に、村田は人の悪い笑みを禁じ得なかった。

「言ったよ、言った。箱は……『鏡の水底』は誰《だれ》の手も届かないような深い水の底に沈めた。確かに。僕がこの手で。まあ僕じゃないけど。厳密にいうとあの人間不信のフランス人医師がやったんだけどね。但《ただ》し、湖じゃない」

口を開けたまま人差し指を向けるばかりで、問い返す言葉になっていない。無理もない、この少々腹立たしい事実は、本人も後継者《こうけいしゃ》とされる村田自身も、今日まで誰にも漏《も》らさなかったのだから。

「海底に沈めた。さっき上空を通ったよ?」

「通ったって、太平洋にー!?」

「うん。正確な位置は僕も覚えてない。何しろ彼にとっても予想外の出来事だったから」

「よく……よく解《わか》らないよ健ちゃん！ もっときちんと順を追って説明してくれないと！ あ あマシューのことはいいから。マシューのことは気にしないで。マシュー、これはトップシークレットの密談だからね、この情報が漏れたら我々は敗北するからね！ ほら健ちゃん、もうこれで大丈夫《だいじょうぶ》だからっ！」

「了解《りょうかい》」

りょうかーい、と村田は間延びした返事をした。生まれる前の保護者を真似《まね》て。それから胸の前で両腕《りょううで》を組み、背骨をぐっとシートに押しつけた。走行中の振動《しんどう》がさっきよりも伝わる。

「僕の魂《たましい》のご先祖様が……便宜《べんぎ》上、そういう言い方をするよ？　何代前かは数えるのも面倒《めんどう》だけどね。とにかく、僕の中の記録に残るむかーしの人物だ」

彼は敢《あ》えて「記録」という言葉を選んだ。相手がそのことに気付いたかどうかは判《わか》らない。

「初代かどうかは別として、賢者《けんじゃ》とか呼ばれてた人。鬱陶《うっとう》しいくらい髪の長い。彼が四つの箱のうち二つを持って……それこそ小《こ》脇《わき》に抱《かか》えて、地球に吹《ふ》っ飛《と》んできたのは話したよね」

「き、聞いた」

「それから何度か、生まれる場所が悪くて箱の所在を見失ったり、環境《かんきょう》が悪くてご先祖様のほうが自分の正体に気付かなくて、お荷物の存在自体を認めなかったりを繰り返したわけ。中には何もかもしっかり理解して、箱もきっちり監視《かんし》してた優秀《ゆうしゅう》なご先祖様もいるんだけど」

「きみみたいに？」

「やだなードクター、褒《ほ》めても何にもあげられないよ。ご覧のとおり僕いまビニール袋とパスポートしか持ってないんだからさ。でもあのフランス人ドクター、アンリ・レジャンの時代はですね、もちろん彼のせいじゃないんだけど、運悪く箱の所在は二つとも掴《つか》めてなかった。だから……これも推測の域をでてはいないんだけどね、アビーの曾祖母《そうそぼ》のお祖母《ばあ》ちゃん……混乱するなあ。とにかくトレジャーハンターだったヘイゼル・グレイブスは奇跡《きせき》的に箱を二つとも手に入れた。その内の一つ、『鏡の水底』は、西アジアで発見されてオーストリアの画廊《がろう》に預けられていたところ、噂を聞いた独裁者に奪《うば》われてしまった。あくまで推測だよ？」

見開かれていた目が通常のサイズに戻《もど》り始めた。小児科医はどうやらやっと落ち着きを取り戻したようだ。

「うん、それでアビーの曾《ひい》グランマ、だっけか。博物館建てた人、エイプリル・グレイブスが、仲介役のボブから話を持ち込まれて『鏡の水底』……恐らく、『鏡の水底』と思われる箱を取り戻し、戦争に使われないようにボーデン湖に沈めたんだよね？　その際に協力したのがパートナーだった天才パイロットと、彼女のご主人」

「同行したのが僕の魂的先々代、アンリ・レジャン。でもレジャンは、信じられなかった」

「……誰を？」

「誰をというより、あらゆるものをさ。後生《こうせい》の僕だから言えるけど、彼も気の毒な人だった。誰も信じられず、何もかもを疑わずにはいられなかったんだ。嫌《いや》な性格だけど、ある意味彼も犠牲者《ぎせいしゃ》だよね。ほんと、このシステムは残酷《ざんこく》だと思うよ、考えた奴は血も涙《なみだ》もない」

そいつに心当たりはあるけど、と言いかけて止《や》めた。眞魔国の開祖のことなど、地球で明かしても何にもならない。

「沢山《たくさん》の記憶《きおく》を背負いすぎて、でもそれを家族にも友達にも打ち明けられず、レジャンはずっと孤立《こりつ》してたんだ。表向きは医師という立派な肩書《かたが》きを持ってたし、誰にでも愛想《あいそ》良く接してたけど、内面ではいつも独りで怯《おび》えてたんだよ。自分はどこか精神的におかしいんじゃないか、でももしそうでなければ、自分は箱を守らなければならないんだろうか。だとしたらどうやって？　実在するかどうかも定かではない馬鹿《ばか》げた箱を、どうやって探して誰の手から守るっていうんだ？　そもそもこれは本当のことなのか。精神を病《や》んだ人間によく見られる兆候《ちょうこう》だ。過去の記憶も人格も歴史も箱も、病気の自分が創《つく》り上げた妄想《もうそう》の王国かもしれない。そりゃあ悩《なや》むよね、僕も悩んだ。三歳児くらいのとき」

「健ちゃんは早熟だなー」

「うん、僕の場合は四歳とか五歳になると、否応《いやおう》なしに渋谷とドクターが現れちゃったから。幸か不幸かあまり悩む暇《ひま》もなかったんだ」

加えて彼が村田健として生まれたときには、あらゆるケースパターンが既《すで》に用意されていた。悩んだ例、悩まなかった例、悩む以前に困惑《こんわく》し、狂気《きょうき》の淵《ふち》に落ちていってしまった例。周囲に打ち明けて成功するのか、吹聴《ふいちょう》して葬《ほうむ》り去られるか。この重荷を認め受け入れて生きた者、受け入れるどころか封《ふう》じ込め、忘れ去ろうとして不幸な結末を迎《むか》えた者。レジャンでさえ半分程度しか思い出せなかったのに、村田の場合は全《すべ》ての記録がそっくりそのまま引き継《つ》がれた。どの人生のどこを取り入れ、どういう点を真似れば楽に生きられるのか、先人の残した答えが無限にあったのだ。

「レジャンもボブと知り合って、少しは楽になったのかもしれない。でもそれだって全くの同類というわけじゃない。根源的な違《ちが》いがある。心から打ち解けるってところまでは行けなかった。友達いなかったんだよね、アンリ・レジャン。僕と違って要領悪かったんだ」

小児科医は思慮《しりょ》深げに訊《き》いた。

「だからレジャンは何も信じられなかった……。信じられないからって彼、何をしたの？」

「箱を運んだんだよ」

英語では駄洒落《だじゃれ》にもなりやしない。村田は苦笑《くしょう》し、後頭部を楽にしようと顎《あご》を上げた。

「一旦《いったん》は湖に沈めた箱を、大戦末期になって、引き上げて移動したんだよ。彼は信じられなかった。エイプリルや彼女のご主人をじゃない。軍部が半永久的に箱の在処《ありか》に気付かないなんて、絶対に有り得ないと思ったんだ。人生はうまくいくこともあるんだってのを、信じられなかったんだ」

「せっかく隠《かく》したのに、また引き上げたんだね……でも移動するにしたって、人目に触《ふ》れない場所っていったら限られてくるだろうに」一体何処《どこ》に保管しようとしたんだろう」

「うん。その辺りが僕にもあまりはっきりしないんだけど。海に沈《しず》めたのが彼の計画どおりだったのか、それとも計算外の出来事だったのか。或《ある》いはずっと自分の手元に置いて、監視し続けるつもりだったのかもしれない。海の上でね」

「ああ確かに。船医の私物として船に積んでおけば、陸に置いておくより勘付《かん》かれにくいかもね。常に移動してるわけだし。なるほどー」

ホセ・ロドリゲスは低く唸《うな》ってフレームを持ち上げ、枯《か》れ枝みたいな節の浮《う》いた指で、ゆっくりと両方の瞼《まぶた》を擦《こす》った。目尻《めじり》に疲労《ひろう》の色を滲《にじ》ませている。常に陽気なメキシカンの彼らしくない。

「でも結局は、沈めちゃったんだね」

「沈めちゃったというか、沈められちゃったというか」

「え？」

「彼が船医として乗り込んだ民間船は、味方の誤爆《ごばく》で沈没《ちんぼつ》した」

ロドリゲスは「あー……」と言ったきり、ぎゅっと目を瞑《つぶ》って後頭部をシートに押し付けた。まるで爆撃《ばくげき》されたのが自分の友達ででもあったかのように、臍《へそ》の辺りで指を組み、悲しみに唇《くちびる》を歪《ゆが》ませる。

会話をやめると、途端《とたん》に車内が静まり返った。沈黙《ちんもく》に耐《た》えられなかったのか、運転席のマシュー・オールセンがラジオのスイッチに手を伸《の》ばす。馬鹿馬鹿しいほど賑《にぎ》やかな音楽が、スピーカーから流れだした。早口の英語で、この世の絶望を歌っている。

医師はずっと昔にしたように、若い相談者の膝《ひざ》に手を置いた。そしてゆっくりとした口調で訊《き》いた。

「あるんだね、その瞬間《しゅんかん》の記憶が」

瞳《ひとみ》を覆《おお》う瞼が震《ふる》えた。

「きみの中に」

「ある」

短く答えて、村田は視線を窓の外に向けた。木々が色づき、美しい光景が広がっている。お世辞にも都会とは言い難《がた》いと思ったら、車はハイウェイに乗り州境を越《こ》えていた。ここはもうボストンではない。

「言って。健ちゃん、話して」

「変な感じだよ。話すほどのことでもない」

「でも聞かせて欲しい」

「落ちていくんだ」

この記憶を引き摺《ず》り出そうとすると、目の前に輝《かがや》くビーズのようなものが広がる。青を基調とした万華鏡《まんげきょう》の中身みたいな、静かで美しい光景が広がるのだ。

「彼は仰《あお》向《む》けで、空を見上げたまま落ちていくんだ。空じゃなくて海だけど、海水越しの空だね。昼間なのか明るく青く、きらきらしていて、それを見上げながら沈んでいくんだ。痛くも苦しくもない。悲しいとか、そういう感情もない。嘆《なげ》く家族もいなかったから」

何人もの死の瞬間を知っている。破裂《はれつ》音と共に突然《とつぜん》思考が途切《とぎ》れて真っ暗になるケースもあるし、まるで子供の夢みたいに、現実では有り得ない光景を見続けたケースもある。レジャンの場合はとても静かだった。海中だから音が無かったのだろう。

「見上げた視界に、何人もの人間が降ってくる。降ってくるといってもとてもゆっくりだよ。両手両脚《りょうあし》を優雅《ゆうが》に動かしてね。彼の時代にはこんな言葉はなかっただろうけど、宇宙遊泳してるみたいだった。女の人の髪《かみ》が、海草みたいにゆらゆらして。時々、赤やオレンジの花火が弾《はじ》ける。でもそれも水の幕の向こうだから、ぼやけて柔《やわ》らかくて、とても綺麗《きれい》。変な感じだ、痛くも苦しくもない。ただ明るい水の中を沈んでいくだけだ」

そこまで言って、村田は大きく息を吐《は》いた。

「あのあと死んだんだろうな、きっと」

「話してくれてありがとう。ごめんね、無理に言わせて。思い出すと辛《つら》い？」

「辛くはないよ、でも本当に変な感じなんだ……どうかなドクター、症例《しょうれい》の参考になった？」

「参考にしようにも、きみの話はきみ以外の誰《だれ》にも当て嵌《は》まらない」

膝に置いていた手を退《ど》かして、ロドリゲスは村田の顔を覗《のぞ》き込んだ。

「それに健ちゃんは病気じゃない。だから症例なんて呼び方をしたことはないよ」

「そうだっけ」

村田は頭の後ろで手を組んで、思い切り背筋を伸ばした。視線を天井《てんじょう》からフロントシートへ、そのまま足下《あしもと》へと落とす。恐《おそ》らくオールセン家の息子《むすこ》も乗るのだろう、車内の清掃《せいそう》は完璧《かんぺき》というわけではなく、隅《すみ》っこには丸まったドーナツの袋《ふくろ》が転がっていた。

子供が好みそうな、ピンクとパステルグリーンの可愛《かわい》らしい色合いだ。

殆《ほとん》どの大人は、子供がピンクやパステルグリーンを好きだと思っている。そして殆どの大人は、子供はいつまでも子供だと思っている。

「そうだったね」

「そうだよ、きみは最初から病気なんかじゃなかった。オレのネームプレートを見て、まだ舌足らずな幼児だったのに、いきなりジョゼって呼んだんだよ。ABCを知ってたんだねー」

なんか眼鏡《めがね》が曇《くも》ったなあと、村田はぼんやりと思った。人差し指で擦っても治らなかったので、慌《あわ》てて話を元《もと》に戻す。

「……『鏡の水底』は多分、太平洋の何処かに沈んでる。アンリ・レジャンの遺体と一緒《いっしょ》にね。引き上げることは恐らく不可能だろう」

「じゃあそっちは比較的《ひかくてき》安心なんだ」

「そう。海洋専門家が深海探索《たんさく》マシンを使って、沈没船の財宝でも探そうとしない限りはね」

「敏腕《びんわん》トレジャーハンターの後継者《こうけいしゃ》、アビゲイル・グレイブスがいくら潜《もぐ》っても、ボーデン湖からは発見されないんだ……なんかボブ達が気の毒になってきたなあ」

「勝手に探させとけばいいさ」

細い目でまじまじと見詰《みつ》められる。

「なに、ドクター、何か不満？」

「不満じゃないけど、意外と腹黒く育っちゃったなーと思ってさー」

「強《したた》かと言って欲しいな」

村田はにっこりしてみせた。そんなことない、優等生ですよというように。些《いささ》かわざとらしくはなったが、どうせ最初からバレている。

「というわけで当面の問題は、もう一つの箱、『凍土《とうど》の劫火《ごうか》』に絞《しぼ》られたわけですよ」

「でもそれはさー」

いつもどおり間延びした口調で、ロドリゲスが聞き返した。

「ヘイゼルが保管してたけど、何かの切《き》っ掛《か》けで家ごと燃えちゃったんでしょ？」

「一応そういうことになってるね、謎《なぞ》が残るけど」

ヘイゼル・グレイブスは手に入れたばかりの邸宅《ていたく》を、コレクションの展示室にしようと改装している最中《さいちゅう》だった。彼女は最も大切にし、家族にさえ滅多《めった》に見せなかった幾《いく》つかの品を、自らの手で運び入れていた。

その中にそれがあった。『凍土の劫火』と目される箱が。

手に入れた二つの箱のうち、『鏡の水底』はオーストリアの画商に預けられていたが、『凍土の劫火』は手許《てもと》に残していたのだ。

グレイブス邸を襲《おそ》った炎《ほのお》は、柱の一本に至るまで焼き尽《つ》くした。残ったのは炭と灰だけだ。彼女自身もその火災で命を落としたとされているが、遺体は収容できなかった。葬儀《そうぎ》に参列し、ヘイゼル・グレイブスのために涙《なみだ》を流した沢山《たくさん》の人々は、花と土をかけられた棺《ひつぎ》の中に、彼女の服と、愛用の品しか納められていなかったことを知らない。

「……でも僕は、行っちゃってるんじゃないかと思ってる」

「行くって」

「あっちに」

ロドリゲスは何処のことかとは訊かなかった。彼は地球で生まれ育った魔族《まぞく》だ。此処《ここ》とは異なる世界があると告げられても、具体的にどんな場所かは想像できないだろう。それでも「向こう」があることをきちんと理解し、受け入れている。

「だったら納得《なっとく》？」

「というよりそれ以外では納得できないよ」

一九三〇年代の現場捜査《そうさ》では、真実は探究できなかった。結論としてあまりにも高温で燃焼したために、建造物も家財も遺体も損傷し混ざり合ってしまったのだと、警察と消防は遺族にそう説明した。

「考えられないね。薬品工場でもガソリンスタンドでもない普通《ふつう》の家だよ。どんなに高温で燃えたって、炭化した肉体か骨くらいは残るはずだ。爆撃でも受けたなら話は別だけど、一般《いっぱん》的な火災で跡形《あとかた》もなく消えるなんて有り得ない」

「まあ……七十年以上前だしねぇ」

「でももし、ヘイゼルが箱と一緒に向こうに飛ばされたのなら説明はつく。非科学的って点では引けをとらないけど」

靴《くつ》の先でドーナッツの袋を蹴飛《けと》ばしてみた。ゴミはフロントシートの下に転がり込んで姿を消す。けれどそれは視界から外れただけで、たとえ見えなくてもシートの陰《かげ》にきちんと存在する。物質が丸ごと消失するなんて有り得ない。

「……とにかくまず、ホルバートさんに会ってみないと」

村田の言葉にロドリゲスが小さく頷《うなず》いた後、二人の間で会話が途切れた。ラジオだけが熱いメッセージを繰《く》り返している。しかしやがてロドリゲスが、堪《た》えかねたように噴《ふ》きだした。

「そ、それにしても……無いって。スイスに箱がないって⁉」

小児科医は声をあげ、胸を押さえ、眉間《みけん》に皺《しわ》まで寄せて笑った。

「だったら健ちゃん、よりによってボブの前であの慌てようは何だい⁉　すっかり騙《だま》された。一芝居《ひとしばい》打ったんだ、悪い子だなー」

カラオケボックスでの一件を指して小児科医は言う。

悪い子とは何とも失礼で、且《か》つ子供扱《あつか》いした言い種《ぐさ》だ。自分もつられて笑いだしながら、村田は窓硝子《ガラス》を拳《こぶし》で叩《たた》いた。

「芝居じゃないよ。とてもじゃないけどそんな余裕《よゆう》ない。あれは本当に取り乱してたんだ。渋谷がいないんだよ、行方《ゆくえ》不明なんだ。こんなの幼稚園《ようちえん》の時以来初めてだ。取り乱しもするさ」

「取り乱す？　きみが？」

「まるで僕には感情がないみたいな驚《おどろ》きようだな」

「そうじゃないよ、そうじゃないけど」

不意に笑いを引っ込め、医者は真顔で言った。

「心配だね」

「うーん、渋谷は無鉄砲《むてっぽう》なとこあるから」

「そうじゃないよ、きみのこと」

それはまだ母親が子育てに興味を抱《いだ》いていた頃《ころ》の、幼稚園に行く我が子を送り出す時の表情に似ていた。心配だ、離《はな》したくない、でも乗り越えてくれるって信じてる。

村田は思わず視線を外し、天井を見ながら長い溜息《ためいき》を吐いた。それから凝《こ》りを解《ほぐ》すように首を傾《かたむ》け、側頭部を冷たい硝子《こ》に擦《こす》りつけた。

「おなかが減ってなければ少し寝《ね》たほうがいいよ。まだ二時間近くかかるから」

「寝るって、こんなけたたましい曲かかってる車で？」

「うん、フリーポートに着いたらちゃんと起こしてあげる」

「とても無理だ」

だがその心配は無用だった。

彼は僅《わず》か数分後には、深い眠《ねむ》りの淵《ふち》に嵌《はま》ってしまった。若いミュージシャンが訴《うった》える、この世の絶望を聞き流して。

3

小石が幾つも転がっていて、それが額に当たって痛かった。

おれは両腕《りょううで》で頭を庇《かば》い、伏《ふ》せていた。地面に額を押し付けて、土下座でもしているような恰《かっ》好《こう》だ。誰《だれ》に対して、何に対してかは判らない。

三秒も保《も》たなかった。

威勢《いせい》のいいことを言っておきながら、頬《ほお》に最初の傷ができてから三秒も保たずに、恐怖《きょうふ》に堪《た》えかねて地面に伏せたのだ。得体《えたい》の知れないものが襲ってくる、鳥かもしれないし蝙蝠《こうもり》かもしれない、或《ある》いはもっと危険な、凶暴《きょうぼう》な生物かもしれない。なのに自分ではそいつらを確認《かくにん》できない。両眼《りょうめ》はしっかり開いているのに、目の前に広がるのは闇《やみ》だけだ。数も、正面から来るのか脇《わき》から来るのかも判《わか》らない。はっきり言ってしまえば、そいつらが実在するのかどうかも確かめられないのだ。

闇は恐怖を増幅《ぞうふく》させた。

おれは恐怖に負けて身を伏せ、息を詰《つ》めて、襲ってきた生き物をやり過ごそうとした。震《ふる》えが治まらない。脱水《だっすい》状態でなければ涙を流し、大声で泣いていただろう。

長い時間待った。だが何も起こらなかった。

実際にはほんの数分間だったのかもしれないが、おれにとっては永久に続くかと思うほど長く待った。だが頰を掠《かす》める風も痛みもなく、耳元で唸《うな》る羽音もなかった。何も起こらなかったのだ。

おれは恐《おそ》る恐る呼吸を再開し、頭を摑《つか》んでいた指を外して顔を上げた。

「どう……」

喉《のど》の奥まで渇《かわ》き切っていて、声を搾《しぼ》りださなければ喋《しゃべ》れもしない。

「ユーリ」

壁際《かべぎわ》にいたらしいサラレギーが近づいてきた。小石を踏《ふ》み締《し》める足音と共に、空気中を漂《ただよ》う熱が伝わる。彼は正面にしゃがみ込み、大丈夫《だいじょうぶ》かと訊《き》く前に左手でおれの頰に触《ふ》れた。指先は冷たくしっとりとしていて、湿《しめ》った土の匂《にお》いがした。

「血がでてる」

それから顔をくっつくくらいに寄せてきた。頰に鼻が当たったと思ったら、何か温かいもので傷を撫《な》でられた。特有の濡《ぬ》れた感触《かんしょく》で、舐《な》められたのだと判った。

「痛い？」

「いや」

「そう、よかった」

おれにとっては全然よくなかった。

確かに視力は失っていたが、聴覚《ちょうかく》、嗅覚《きゅうかく》は正常なはずだった。おれにはまだ耳も鼻もある。熱や気配だって感じ取れる。

なのに最初の一撃《いちげき》以外には、何も感じられなかった。周囲には獣《けもの》の匂いも気配もない。何の痕跡《こんせき》も残されていない。

「鳥、だった？」

「さあ。はっきりとは……わたしもほんの一瞬《いっしゅん》見ただけで、あとは目を瞑《つぶ》ってしまったから。だって嘴《くちばし》で突《つ》かれたりして、見えなくなったら困るもの」

見えなくなったらね、と繰り返して、サラレギーは小さく鼻を鳴らした。

「でももう行ってしまった。もう大丈夫だよ、ユーリ」

「そんな」

本当か!?　と訊きかけて、おれは自分の膝《ひざ》の周りを見回した。ぐるりと顔を巡《めぐ》らせても、もちろん何も見えない。しかし同時に、匂いも羽も残されていなかった。両手の指をいっぱいに開いて地面を撫で回してみたが、掌《てのひら》に当たるのは細かい石ばかり。群れをなし移動した動物が落とした羽毛の一本さえ見つけられなかった。

「そんな、おかしいだろ」

血が滲《にじ》んでいるはずの右頬にも触れてみた。塞《ふさ》がっていない傷が、ちりっと痛んだ。

「おかしい？　どうしたの？」

「一ヵ所しか……」

「あなたを避《さ》けて、両脇《りょうわき》を通り過ぎて行ったんだよ」

「そんなはずない、羽ばたく音もしなかったし、風も感じなかったんだ。匂いだってするだろ!?　動物なんだからさ！　でも何も感じなかった。最初にちょっとぶつかっただけで、後は何も」

「下を向いていたからじゃない？」

「そんな馬鹿《ばか》な！」

見えていたときの習慣で、両手を顔の前で開き、指に羽の一本でも絡《から》み付いていないかと探した。もちろん無駄《むだ》だった。

「俯《うつむ》いてたって判るさ。ビビって、動物相手に通じっこない土下座してたって、こんな狭《せま》い通路を鳥の群れが通過すれば判るさ、わかるって！　おれにはまだ耳も鼻もあるんだから！　そうだろ!?」

「普通《ふつう》はそうだね」

「だったらどうして……」

返事をするまでに不自然な間をおいてから、彼は立ち上がり、恐らくはおれを見下ろす角度で言った。

「あなたは今、正気じゃないから」

おれは彼の言葉を、まるで判決を下される罪人みたいに聞いた。

「傷つくと思って言わずにいたけれど、あなたは疲労《ひろう》と動揺《どうよう》で正気を失っているんだよ。無理もない、歩き通しで疲《つか》れている上に、水も食べ物もない。仲間の死という悲劇にも見舞《みま》われた。こんな極限状態におかれたら、正常でいるほうが難しい。だから視力も回復しないし、他《ほか》の感覚もあてにならなくなってきた。あんなに沢山《たくさん》の動物が脇を過ぎて行ったのに、全然気付かなかったなんて言いだす。ユーリ、あなたは疲れてるんだ。自分で自分を責めて、追い詰めて」

サラレギーはおれの頭に手を載《の》せて、細い指でそっと髪《かみ》を梳《す》いた。この体勢は神の許しを請《こ》う哀《あわ》れな子羊そのものだ。

「あんな男のことで自分を責める必要はないのに」

「おかしくなってるって……いうのか」

「そんなことは言っていないよ。ただ少し、正気を失っていると」

「同じことだろ」

何かが、狂ってる。何かが。

一つの単語だけが脳の中を回った。眩暈《めまい》がする。熱射病で倒《たお》れる寸前みたいに、身体《からだ》が揺《ゆ》れた。頭蓋骨《ずがいこつ》を内側から叩《たた》かれるような耐《た》え難《がた》い痛みが、頭部から首を伝い、背中へと降りていった。

おれはおかしくなってる、まともじゃない。きっとどうにかなってしまったんだ。でなければ今起こったことを感じ取れないはずがない。猛《もう》スピードで向かってくる動物の群れに遭遇《そうぐう》して、傷も負わないはずがない。

本当に起こっていたのなら。

身体を真《ま》っ直《す》ぐにできないまま、揺れ幅《はば》がどんどん大きくなり、気付くとおれは固い地面に転がっていた。左腕を下にして横向きに倒れ、そのまま動くことなくじっとしていた。目は開いている。両方とも、しっかりと。でも何も映らない。

「ユーリ」

ゆっくりと膝を腹に引き寄せ、背筋を丸め、小さくなろうとした。この世界に曝《さら》される部分をできるだけ少なくしようとした。

「あなたの考えていることが解《わか》るよ」

声が直接耳に降ってくる。サラが覆《おお》い被《かぶ》さるように身体を曲げて、土と石の混ざった通路に座った。膝が首筋に当たっている。飽《あ》きもせずおれの髪を弄《いじ》り、頬に残っていた数本を耳の後ろに押しやった。彼がいつもそうしていたように。白に近い金髪《きんぱつ》を細い指で掬《すく》い上げ、そっと耳に掛《か》ける仕種《しぐさ》は、とても優雅《ゆうが》に見えたものだった。

「ぜんぶ夢ならいいと思っているね」

鼓膜《こまく》など介《かい》していないくらいダイレクトに、言葉が脳に染《し》み込んでくる。

「何もかも全《すべ》て夢だったらいいと思ってる……国を出たのも、小シマロンでわたしと会ったのも、一緒《いっしょ》に聖砂国にまで来てしまったのも、夢だったらいいと思っているね。ウェラー卿《きょう》と別れたのも、あの護衛が死んだのも何もかも夢だったらいいと思っているのでしょう？　あなたはまだ故郷の、温かい寝台《しんだい》の中で、不幸なことはなにも起こっていない。ただ悪い夢をみて魘《うな》されているだけ。けれどどんなに悲しい夢でも、それは所詮《しょせん》夢でしかない。いつかは終わる。隣《となり》に眠《ねむ》る誰《だれ》かが、あなたの肩《かた》をそっと揺すって起こしてくれる」

誰かがおれの肩を揺すって。

起こしてくれる。

「これは全て、明け方に見る質《たち》の悪い夢。そうでしょう？」

これはすべて、あけがたにみる、

「あなたがそう思いたいのなら、夢でもいいよ」

たちのわるいゆめ。

「誰かが起こしてくれるまで、わたしと一緒にいればいい」

だれか。

……ちゃ……ん、けん……ちゃん。

「健ちゃん！」

「あっ、うわぁ、なに？　遅刻《ちこく》!?」

呼んでいたのはロドリゲスだった。村田は心底驚《おどろ》いて跳《は》ね起きた。車内のエアコンが強すぎたのか、シャツの背中に汗《あせ》をかいている。ただ座っていただけなのに、動悸《どうき》が早まり息が苦しい。全力疾走《しっそう》直後みたいだ。

「びっくりした、夢の中で呼ばれてるのかと思った」

「驚いたのはこっちだよ。魘されてたと思ったら、急に起きて遅刻なんて叫《さけ》ぶから。学校の夢でもみてたの？」

「いや違《ちが》うよ、そうじゃなくて……ああ」

窓の外に広がっていたのは、ボストンとは百八十度違う光景だった。赤い石畳《いしだたみ》の町並みは美しく、新しいのにどこか懐《なつ》かしさを感じさせる。近くに高層ビルがなく、市街は緑で囲まれていた。リゾート地という印象だ。

「あれ？　ここどこ？」

「ホテルだよー。フリーポート、メイン州。大統領パパのサマーハウスはちょっと前に通り過ぎちゃった」

「どうせ遠すぎて見えないんでしょ」

「まあねー」

広い芝《しば》の敷地《しきち》の奥に、白と赤の建物があった。屋根は背後の森より低い位置にある。ポートと名が付くだけあって、時折風の中に潮の匂《にお》いが紛《まぎ》れ込む。

「仕事終わりが五時だから、先方とここで待ち合わせ」

「ここのカフェは美味《うま》いと評判でありますよ！」

先に降りていたオールセンが、自慢《じまん》げに言った。村田も車から出て背筋を伸《の》ばす。体中の筋という筋が凝《こ》り固まっていて、解《ほぐ》れる音が他人にまで聞こえそうだ。

会うと約束した男は、果たして本当に「あれ」を持って来るだろうか。

灰を、或《あ》いは断片を。


古いレコードか年代物のラジオから流れるクラシック、ソプラノ歌手が歌うオペラみたいな音楽が、どこか遠くで流れている。今までの出来事がおれの夢なら、この音楽が現実で、目覚まし時計代わりなのだろうか。

誰かが歌っている。頭の中で、誰かが。

その人は空を見上げる、昼間の晴れた空を。だが深い水色と真っ白な雲があるべき天には、白とも青ともつかない薄《うす》い幕が広がるばかりだ。おれには判《わか》った。それは南の海で沖《おき》に出た時に、波飛沫《しぶき》と海水が混ざり合った色だ。

それは海と波が混ざり合った色だよ。おれは彼女に教えてやろうと、声を張り上げる。

そうなの？　と彼女が答える。だが彼女の姿は見えない。おれは自分の耳で聞き、自分の目で見ているけれど、同時にこれは彼女の耳と目だ。

彼女が言う。そうなの？　知らなかった、みたことがないから。でもこれは私の空の色。中央に少し色の違うところがあるでしょう？　あれが太陽。たぶん真っ白。私はあれを白と呼んでいるの。それからほら、あれを見て。

言われておれは首を曲げる。視界の半分はごく薄い灰色になった。頬《ほお》に当たる風と同時に動く。わかった、木だね？

彼女は笑う。大袈裟《おおげさ》なくらい喜んで、そうよ！　と手を叩く。そこに木があるの。もう百年近くずっとあるのよ。葉っぱの隙間《すきま》から光がちらちら覗《のぞ》くでしょう？　私にとって、木はこの色。みんなは緑だって言うけれど。春は花の匂いがして、夏は生命の匂いがするの。秋は枯《か》れてゆく死の匂い、冬は眠りの匂いがする。

眠りの匂いって？　おれはポケットに両手を突《つ》っ込んだまま訊《き》く。何もかもがぼんやりとしていて、はっきりとは見えない。でも不安じゃない。何故《なぜ》だろう。

彼女はまた笑う。それは眠ってみなければわからないわ。でもひとつだけ教えてあげられる。

眠りの匂いがわからない、それはあなたが眠っていないからよ。

夢をみていないからよ。

……みていない。

おれは夢なんかみていない。

「現実だよ」

胸の辺りに焼けるような痛みを感じて、おれは身体の下敷《したじ》きになっていた方、左手でその原因を握《にぎ》り締《し》めた。ヘイゼルが取り戻《もど》してくれた魔石《ませき》が、体温よりもずっと熱くなっていた。逆に小指に嵌《はま》った華奢《きゃしゃ》な指輪は、凍《こお》りつくほど冷たくなっている。

腕《うで》を抜《ぬ》いたせいで身体は傾《かたむ》き、サラレギーの膝《ひざ》に乗り上げるような形で仰向《あおむ》けになった。見上げた地下通路の天井《てんじょう》は、行く先や来た道と同じ闇《やみ》だったが、じっと見詰《みつ》めているとそれにも色の斑《むら》があることに気付いた。

上下左右に広がる黒のうち、おれの右手に当たる方角は徐々《じょじょ》に色を薄くしていっている。首を曲げて変化を追うと、黒は僅《わず》かずつ灰色になり、灰色は一カ所で白に近い点になっていた。

「あそこに……」

太陽がある。

口に出してそう言おうとしたのだが、渇《かわ》きすぎて声にはならなかった。

「ユーリ？」

行かなきゃ。これも言葉にならなかった。だからおれは黙《だま》って肘《ひじ》を突き上半身を持ち上げ、両膝を曲げて臑《すね》と腿《もも》に力をためた。遂《つい》に立ち上がるのには成功したが、脚《あし》はふらつき、身体《からだ》を真《ま》っ直《す》ぐには保てない状態だった。もう何十時間も動いていなかったような、自分が歩き方を忘れた馬にでもなったような気分だった。

それでもどうにか右手の先に壁《かべ》を探《さぐ》り当て、頭上の白い点に向かって歩き始める。

「まだ歩くの？　歩けるの？」

何度も咳《せ》き込んで、やっと嗄《しゃが》れた声がだせるようになる。

「だって寝《ね》てるわけにいかないだろ、ここを脱《ぬ》けなきゃ。お……お前、だって」

無理に喋《しゃべ》ったせいで、喉《のど》にひび割れるような痛みが走った。

「おれを背負っては、歩けないだろ」

感覚が研《と》ぎ澄《す》まされたおれの耳には、サラレギーが面白《おもしろ》くなさそうに鼻を鳴らすのが確かに聞こえた。その瞬間《しゅんかん》から彼の口調に不満と傲慢《ごうまん》さが混ざり、親しげな調子が消えた。

「厄介《やっかい》な人だね」

「……なんだって？」

「動けなくなるのを待ってたけど、あなたはなかなか倒《たお》れない。意地でも歩くつもりでいるし、這《は》ってでも進むつもりでいる」

服が擦《こす》れる音と一緒に、微《かす》かな汗の匂いが届いた。汗なんかかくんだ……ぼんやりと思う。

まるで似合わない。似合わないといえば、彼がいま話してることもそうだ。あの繊細《せんさい》で優《やさ》しげな面差《おもざ》し、綻《ほころ》ぶ直前の花弁みたいな唇《くちびる》からこんな言葉がでるなんてとても信じられない。

「あの男が死んだとき、これでうまくいく、やっと追い詰めたと思った。なのに信じられない強靭《きょうじん》さで立ち上がる。駄目《だめ》にならない」

「……そんな……簡単にっ」

「だって死んだよ。あなたのせいでね」

そうだよ、おれのせいだ。

「都合のいいことに目まで見えなくなった。ここまでくればどんな人だって弱気になる、今度こそはと思ったのに。まだ頑張《がんば》るの。へーえ、そう、立派だねユーリ。全然わたしに縋《すが》ろうとしない」

「縋るって」

おれは岩の突き出た壁に右肩《みぎかた》を押し付けている。もう独りじゃまともに立てもしない。進むのだって亀《かめ》より遅《おそ》いだろう。脱水症状《だつすいしょうじょう》を起こして嘔吐《おうと》し、倒れ、幻覚《げんかく》を見た。手足は震《ふる》え、ろくに喋れもしない。まともな思考能力も、視力も戻らない。

ヨザックを失った。

これ以上の不幸があるか？　これ以上のどんな惨《みじ》めな姿を見たいっていうんだ。

なのにサラレギーは言う。

「あなたは折れない。ほんとうに立派で厄介な精神を持ってる」

「持ってたら……っ」

立派なこころだって？　そのご大層なものをおれが持っていたらどうなる？　魔術《まじゅつ》でも使ってここから一発で脱出できるのか。それともこの手で時間を操《あやつ》って、過《あやま》ちを犯《おか》す前まで巻き戻せるのか。

だが現実はどうだ。できることといえば喋る、咳き込む、息を吐《は》く、この繰《く》り返し。

流石《さすが》にサラレギーもその点には気付いているのか、同情するような口調で言った。

「でも身体は限界みたいだね。それはそうだよユーリ、どれだけ飲んでいないと思う？　自分では日にちの感覚がないのかもしれないけれど、あなたはもう五日も、何も口にしていないんだよ」

「お前だって、同じだろ」

「わたしが同じだと思っていた？」

何が可笑《おか》しいのか、小シマロンの少年王は身体を折って笑った。

「わたしが同じだと？」

まとめていたはずの髪《かみ》が解けたのか、空気を縦に細く切る。彼はおれの手首を摑《つか》み、掌《てのひら》を開かせ、その中央に少量の何かを落とした。皮膚《ひふ》に触れると横に広がる、形があるようで無い物。おれはそれを摑もうと指を丸めるが、掌に残るのはじっとりと貼《は》り付く濡《ぬ》れた幕だけだ。

……濡れた？

「……水？」

「そうだよ、土混じりだけどね」

慌《あわ》てて口元に持っていくが、啜《すす》ろうにも手に残ったのは僅かな泥《どろ》だけだった。顎《あご》を汚《よご》した間《ま》抜《ぬ》けな顔で、おれはサラレギーに詰め寄った。見えない瞳《ひとみ》は欲望に輝《かがや》いているだろう。

「な、んで、水を⁉」

「落ち着いて、ユーリ。汚れてる」

彼はおれの唇を親指で拭《ぬぐ》った。身体が近付いたと認識《にんしき》した瞬間、自分でも止めようがない衝《しょう》動《どう》で、おれはサラレギーに掴み掛《か》かっていた。駄目だ、こんなことをしちゃいけない！　水のために相手を襲《おそ》うなんて、人間のすることじゃない。動物並みじゃないか。頭の中ではそう叫《さけ》んでいても、理性で本能は制御《せいぎょ》できなかった。

「おっと」

しかし見えている者は、見えざる者の腕を容易《たやす》くかわせる。彼は小石を弾《はじ》いて飛び退《すさ》り、おれはよろめいて壁にぶつかった。

「あなたは見えていなかったし、魘《うな》されていた。わたしは何度も水を飲みに行ったけれど、あなたは気付かなかった」

「……そんな……川の音なんか、まったく」

「だって流れていないもの。道の隅《すみ》っこに時々、赤土の混入した井戸《いど》の痕跡《こんせき》があるだけだもの。あなたの耳には聞こえない、あなたの鼻では湿《しめ》った土の匂《にお》いしか嗅《か》ぎ取れない」

「よこせ！」

声を頼《たよ》りに懲《こ》りずに手を伸《の》ばすが、焦《あせ》った神経では到底《とうてい》正確な位置などつかめない。おれの腕は虚《むな》しく空を切った。

「畜生《ちくしょう》ッ、くれよっ！　少しくらい分けてくれたっていいだろ⁉」

「分ける？　そうだね」

サラレギーは言った。

「倒れて、わたしに頼ってきたら、縋ってきたら助けてあげようと思っていたけど、あなたときたらいつまで待ってもそんな素振《そぶ》りもみせないんだもの。仕方がない、ユーリ。水を分けてあげる」

いつもどおりの綺麗《きれい》な声だ。

「死んじゃったらつまらないものね」

事も無げにそう言い放って、彼はおれの顎に指をかけた。

「口をあけて」

泥混じりの水が流し込まれ、舌に、喉に、じわりと水分が染《し》みた。生ぬるい、けれど充分《じゆうぶん》冷たい。

「もっと?」

足りない。とても足りない。

「こんな、少しじゃ……」

「欲張りだね、ユーリ」

肩《かた》を摑み、揺《ゆ》さぶろうとして失敗した。壁から離《はな》れた身体は支えを失い、そのままずるずると崩《くず》れて膝《ひざ》をつく。彼の腰《こし》にしがみつき、腹に顔を擦《こす》り付けた。ゆっくりと首を振る。

「足りない」

「いいよ、もっとあげる。じゃあこうしよう、わたしの質問に正しい答えがだせたら、好きなだけ飲ませてあげる」

「なんですぐくれないんだ、なんですぐくれないんだよ⁉ もっとあるなら……もっと……」

サラレギーはおれを黙《だま》らせようと、口に手を当てた。指先は濡れていた。おれはそれも舐《な》めた。水なら何でもいい。

「聞いて、面白い話があるんだ。昔、この聖砂国で一人の女が男の双子《ふたご》を産んだ。別に珍《めずら》しくもない、神族は双子ばかりだからね。他《ほか》と少し違《ちが》っていたのは、彼女の夫は傷ついた兵士で、大陸に流れ着いた余所者《よそもの》だったことくらい」

「なんだよ、そんなのどこででも聞く。そんなことより」

サラレギーの服を摑んだ。汚れて土の詰まった爪《つめ》が、焦《じ》れて布を引っ掻《か》く。

剣《けん》しか取り柄《え》のない人間と恋《こい》に落ちた魔族の話も、追放された土地で人間の娘《むすめ》と結ばれた魔族の話も知っている。素人《しろうと》にしてみれば厄介《やっかい》なのは人の恋愛《れんあい》感情だ。おれの心などではなく。

「この先が面白《おもしろ》いんだよ、ユーリ。女は母親になったけれども、女の産んだ子供のうち、一人はすぐに産声《うぶごえ》をあげ、もう一人は半日経《た》っても泣き声をあげなかった。半ば死んでいたんだ。彼女はどうしたと思う？」

「……嘆《なげ》き悲しん、だ……？」

「はずれだ」

「どうして!?　悲しむだろ！」

サラは首を振り、おれの前髪《まえがみ》を指で掻き上げた。

「女は悲しんだりしなかった。二人の息子《むすこ》を抱《だ》いて、先祖の墓へと走ったんだ。生者は通れないという呪《のろ》われた道を馬で駆《か》けたんだよ。勇ましいね！」

「子供を、埋葬《まいそう》するために？」

「そうじゃない。それだけで満足するような女じゃなかった」

「他にどうするっていうんだ。静かに眠《ねむ》らせてやりたいだろ、親心ってもんだろ、他に……」

「そう慌てないで」

サラレギーの小指と親指が、左右の顳顬《こめかみ》を捉《とら》えた。爪の先が目尻《めじり》を掠《かす》める。痛みを感じて視線を……見えはしないのだが、逸《そ》らすと、遥《はる》か先方の右の空に白い点があった。あの人が太陽と呼んでいた白だ。

おれは何をしている？

水のためだとはいえ、いけ好かない奴《やつ》に媚《こ》びて、縋《すが》りついて。これこそサラレギーの望んでいた状態じゃないか。その支配者が、柔《やわ》らかい指の腹でおれの眼窩《がんか》を辿《たど》りながら言った。

「死んで生まれた息子を先祖達と一緒《いっしょ》に、静かに眠らせてやるなんて、それで満足するような女じゃなかった。彼女は息子を生き返らせようとしたんだよ。神と、死者と、自分自身の法力を使って」

「そんなことが、できるなら……っ」

おれだってそうしている。誰《だれ》だってそうしている！

「その結果、どうなったと思う？」

一度頷《うなず》く、でもやはり首を振る。不可能だ。

「そんなことはできない、生き返ったりしない」

「正解。ユーリ、どっちを向いているの。わたしを見て。死んだ子供は生き返らなかった、でも死者の世界に連れ去られもしなかった。この世に遺《のこ》されはしたものの、決して生きてはいない。ではどうなったのか」

彼は一旦《いったん》言葉を切ってから、自分自身で答えを出した。

「怪物《かいぶつ》を造ってしまったんだよ」

指が眼窩に食い込み、おれは反射的にその手を振り払《はら》った。生命を握《にぎ》られているような気がしたのだ。

「彼女は怪物を造り上げてしまったんだ、二つの怪物をね！」

「子供二人とも？　どうして」

「怪物がどちらも息子だなんて、わたしは言ったかな。一人は息子だよ、半ば死んで生まれた赤《あか》ん坊《ぼう》。でももう一人は、他ならぬ彼女自身だ。今や彼女は神族が持つ法力《ほうりょく》以上の力を持ち、醜悪《しゅうあく》な死者達を意のままに操《あやつ》る。死んで生まれたはずの赤ん坊は、母親ほど邪悪《じゃあく》ではないにしろ、やはり絶大な力を持つ君主だ。墓の中で何があったかは知らないけれど……」

おれには人の顔が見えない。ましてや暗い中にいる者の表情などとても判《わか》らない。でもこれだけは容易に推測できた。今のサラレギーは水を欲しがるおれどころではない、もっと獣《けもの》じみた眼《め》をしているだろう。

そう、彼は力が欲しいのだ。

「生き返る以上の収穫《しゅうかく》だよ！」

「……そうかな」

「もちろんそうさ。だって彼女は何より力のある跡《あと》取りが欲しかったんだからね」

そして彼は、羨《うらや》んでいる。

自分の持たない力を手に入れた者を。

法力が無いからと自分を捨てた母親と、自分を超《こ》える力を得た弟を。

「ただ生き返ってほしかっただけじゃないのか？」

「そんな。どこにでもいる普通《ふつう》の子供など望むわけがないじゃないか。赤ん坊の死も悲しまなかった女、生き残ったほうの子供さえ、力がないからと捨てようとした女だよ？」

「それは違う」

ほぼ反射的に答えていた。おれがその家族の事情など知るはずもなく、母親の弁護をする理由もなかったのに。

「違うよ、サラレギー」

お前に何が解《わか》ると詰《なじ》られても仕方がない。でも自分がここで話さなければ、あの光景は誰の胸にも伝わらないのだと思うと、黙っているのは卑怯《ひきょう》だと感じた。

だから言った。こんな地底の、光も差さない闇《やみ》の中だからこそ、いつもの自分らしくいるのが重要だと思ったから。

「母親は悲しんだ。悲しまないはずがないだろ。赤ん坊を抱いて、泣きながら神様に祈《いの》ったんだ。自分にはこの子達しかないのにって」

助けて、この子をどうか助けて。

神よ、ようやく授《さず》かった息子を、何故《なにゆえ》私の腕《うで》から取り上げようとなさるのですか？

私にはこの子達しかないのです。私には貴方《あなた》と、この子達しかございませんのに！

後ろ姿の若い母親は、地面に膝《ひざ》をついて泣き崩れていた。胸に赤ん坊を抱きしめているらしく、上半身を丸めるようにしていた。あの夢だ。

「おれは見た」

「見たってどこで。信じると思う？　そんな作り話」

「お前の話が本当で、彼女が先祖の墓目差して駆けた……生者が通ることを許されない道というのが此処《ここ》のことなら、おれは見たよ。母親が泣くのを。赤ん坊を抱いて嘆き悲しむのを」

「嘘《うそ》ばかり！」

明らかに動揺《どうよう》しているサラレギーの声を、おれはどこか不思議な気持ちで聞いていた。

「嘘じゃない。普段《ふだん》のおれなら意味深な夢見ちゃったよ、どんな映画の影響《えいきょう》かな、スポーツ感動ものしか観《み》てないのになーって。それで済んじゃう話だ。でも生憎《あいにく》と今はそんな余裕《よゆう》ない。そんなドラマあったっけとか、推理してやってる余裕はないんだ。見たんだよ、母親は息子達を愛してた。この子達しかないのにって泣いて……」

「わたしを騙《だま》そうとしたって、そううまくはいかないよ！」

握力《あくりょく》などろくに無さそうな細い指が、おれの顎《あご》と首筋に掛《か》かった。岩壁《いわかべ》に強く叩《たた》きつけられ、背骨が悲鳴をあげた。喉仏《のどぼとけ》が圧迫《あっぱく》されて呼吸が止まる。

「……サ、ラ……っ」

「愛してたならっ」

そんな理由もないのに、今にも泣きだしそうな叫《さけ》びに聞こえた。

「だったらどうして彼女は、その力をわたしにも与《あた》えようとしなかった⁉」

「そ……」

その瞬間《しゅんかん》おれは、信じられないような行動をとった。相手の腕を肘《ひじ》で内側から弾《はじ》き、そのまま前腕《ぜんわん》を絡《から》めてサラレギーの二の腕を固定し、手首を摑《つか》んで背中で捻《ひね》りあげていた。頭では何も考えていない。ただ息が苦しいと思っていただけなのに、条件反射なのか身体《からだ》が勝手に動いて、加害者を締《し》め上げていたのだ。

一体どこにそんな体力とテクニックを隠《かく》していたのか自分でも判らない。もしかして泥《どろ》にカロリーがあったのかもしれない。物は試《ため》し、好き嫌《きら》いせず喰《く》ってみるものだ。

「そんな力、欲しいのか⁉」

「痛っ」

腕の中で細い身体が苦しげにもがく。酷《ひど》いことをしている、放してやるべきだとも思うのだが、腹の底からこみ上げる怒《いか》りがそれを許さない。

「凄《すご》いったって死者を操る力だろ⁉ そんなもののどこが羨ましいんだ、欲張りなのはおれじゃなくてサラ、そっちだろ！」

「ユーリっ、痛い」

「誰だって権力は欲しいさ、おれ……だって……だが我が身に授からぬ力など、世に、あってはなら……ぬ」

「ユーリっ」

この肌《はだ》の下に感じる違和感《いわかん》は何だろう。先程《さきほど》の、「眼」を共有したときとは似て非なる感覚だ。これはおれの喉、おれの口なのに、同時に他人の肉体でもあるようなもどかしさ。発する言葉が我が物ではない不愉快《ふゆかい》さ。覚えがある。初めて神族に会ったときにも、同じ状態に陥《おちい》った。

「持つ者は全《すべ》て、退けよ」

誰だ。

「死を以《もっ》て……排除《はいじょ》、せよ」

誰がこんな恐《おそ》ろしい呪《のろ》いを吐《は》いている⁉

「それが本当のあなたなの？」

おれの当惑《とうわく》を余所《よそ》に、小シマロン王は物騒《ぶっそう》な人格に反応した。おれの頬《ほお》に柔らかな髪《かみ》を擦《こす》りつけ、肩越《かたご》しに誘惑《ゆうわく》してくる。

「なんだ、そうだったんだ。だったらわたしたちは同類だ、もっと親しくなれる」

「おれは……っ、違……」

「ねえ、一緒にこの地下通路を脱《ぬ》けて王族の墓に行こう。誰にも見られず、誰にも知られずに。そこで母上やイェルシーと同じ……それ以上の力を手に入れるんだ。きっとあそこには、先祖の霊《れい》でさえ手の出せなかった何か、神秘の力が隠されている」

蛇《へび》の誘《さそ》いさえ甘く聞こえた。

「あなただって気付いているんでしょう。墓の中には何かがあるって。この世の誰も得られなかった至宝が。ね、ユーリ」

「やめろ」

ユーリ。

「名前を、呼ぶな」

「ユーリ！」

だが今度の呼び声はサラレギーのものとは異なっていた。おれの名前を叫《さけ》ぶ音は、頭上高くから降ってきた。

見えないのを忘れて振《ふ》り返ると、おれが太陽だと決めた白の真下に、小さな赤い点が生まれている。灯《あか》りだ、直感的に悟《さと》った。あの色は火だ。

ドームの天井《てんじょう》に開いた穴から、誰《だれ》か人が降りてきたのだ。

針で突いた穴くらいだった灯りはどんどん広がり、暖かく明るい橙色《だいだいいろ》になった。もう拳程《こぶし》の大きさだ。炎《ほのお》の形もはっきりと確認《かくにん》できる。

「ユーリ、そこにいるんですか？」

「コ……」

誰かと問う必要はない、声で判る。それでもおれは訊《き》いた。

「コンラッド？」

「俺です」

但《ただ》し視界に入っているのは、照らされて炎の色に同化した人型だけ。ぼんやりと輪郭《りんかく》の曖昧《あいまい》なオレンジが走って来る様は、サーモグラフィーの画面そのものだった。

「ご無事でしたか！」

「大丈夫《だいじょうぶ》。でもどうして」

「遅《おく》れてすみません。ヘイゼルと仲間に砂漠《さばく》を案内してもらったんですが、迂回《うかい》するポイントが多く殊《こと》の外手間取ってしまって。どこかお怪我《けが》は」

慣れた体温が労《いたわ》るように肩《かた》に触《ふ》れる。

これは右の掌《てのひら》。悪夢のような光景とは関《かか》わりのない右腕《みぎうで》。左より温かい。

「ユーリ」

返事をしようとCで始まる単語を口の中で呟《つぶや》いたら、涙《なみだ》がでそうになった。小学生なら持ち堪《こた》えられずに泣いている。陛下って呼ぶな、いつもどおりそう言ってやりたいところだが、こんな時に限って彼は間違《まちが》えない。

「怪我は、ないよ」

「良かった、すぐ上にお連れします。ところで」

語尾《ごび》が小さくなり僅《わず》かに口籠《くちご》もる。とはいえ、顔を見て喋《しゃべ》っていたら気付かないほどの動揺《どうよう》だ。短い沈黙《ちんもく》の間に彼は何事かを察し、先の言葉に続く疑問を咄嗟《とっさ》に変えた。

「彼は何を」

サラレギーのことを訊いているのだろう。よりによって温厚派のおれに捻り上げられていれば、不審《ふしん》にも思う。おれは骨格からして華奢《きゃしゃ》な身体を突き飛ばした。

「こいつを、サラレギーを先に地上に」

「陛下、まだ……」

「違う、友情で言ってるんじゃない。逃《に》がすわけにいかないから頼《たの》んでるんだ。この男を野放しにはできない。こいつを拘束《こうそく》して、見張りを付けてからもう一度降りて来てくれ、いいよな？　コンラッド」

「もちろん」

小さな悲鳴と共に、低い所で風が起こった。おれなんかよりずっと荒《あら》っぽいことに慣れた手で首根っこを摑《つか》まれたらしく、サラレギーが両脚《りょうあし》をばたつかせているのだ。

「わたしは行かないよ、行かない！　わたしは地下を行く、砂漠で砂に塗《まみ》れるのなんかごめんだもの」

「落とされたくなければ大人しくしていなさい」

「そうだ、ウェラー卿《きょう》も同行すればいいよ、あなたもついておいで、わたしたちの旅に。そうすればユーリも淋《さび》しくない。でしょう？」

サラレギーの戯言《ざれごと》に応《こた》えるのはおれだ、おれであるべきだ。

「残念だけどサラレギー陛下、きみの助言は受けかねる。それと」

この五日間で初めて安堵《あんど》の息を吐いて、おれはようやく身体の力を抜《ぬ》いた。

「お前からはもう水の一滴《いってき》も貰《もら》わない」

壁《かべ》に寄り掛かり顎を下げると、立ち暗みに似た苦痛に襲《おそ》われる。指一本動かしたくない気分だった。

「コンラッド、なるべく早く戻《もど》ってきてくれ、話が……話があるんだ」

「はい」

「ほんとに早く戻ってきてくれよ」

訓練を受けたプロに拘束され、自由が利《き》かないままのサラレギーが割って入った。些《いささ》か興奮気味だ。

「話ってなに、内緒《ないしょ》なの？　どんな密談？　ああもしかして」

ヒステリックな嗤《わら》い声。

「あの男を死なせたってことかな？」

4

お国違えばマニアも違う。

情報提供者に会った最初の感想はそれだった。

会ったといってもきちんとした場所で紹介《しょうかい》し合ったわけではなく、たまたま駐車場《ちゅうしゃ》で出くわしたという慌《あわ》ただしさだ。

就業時間が終わっても、情報提供者は待ち合わせたカフェに現れない。村田とロドリゲスとマシュー・オールセンは、白いテーブルクロスに頬杖《ほおづえ》をついて、居心地《いごこち》の悪い思いをしながら待ち続けた。村田はカフェオレ三杯目《ばい》で、甘い物に目がない小児科医は、チョコレートムース、チーズケーキ、ティラミスをクリアしていた。

気詰《きづ》まりだからもう一つパイでも頼もうか、ホールで。と超《ちょう》甘党が言いだした時だった。

街から来た客が興奮した口調で、大きな火事だと店員に告げた。

「火事っていうより、ありゃあもう火災だな」

「火災？　大変、怪我した人はいるの」

シックな制服のウェイトレスが顔色を変えた。ウィークデイだとはいえ、この街にはボストンから買い物に来ている客も多い。人的被害《ひがい》は即座《そくざ》に評判に繋《つな》がる、観光地としては命取りだ。

「ややや、S・S・ボーンの敷地《しきち》内だから」

「なーんだ」

店中に安堵の空気が広がった。大事にならなくて良かったねと村田自身も胸を撫《な》で下ろした。何しろ情報の内容が内容だ、火には特に敏感《びんかん》になっていた。しかし逆にここまで安心されると、余所者としては少々興味が湧《わ》いてくる。

名前を聞いただけで皆《みな》が脱力《だつりょく》する存在、S・S・ボーンとは一体どのような会社なのか。ボストン在住らしいマシュー・オールセンに尋《たず》ねようとして、村田とロドリゲスは彼の態度がおかしいことに気付いた。ゆで卵を丸ごと飲み込んだみたいな顔をしている。

「マシューどうしたのー？」

「え、S・S・ボーンはまずいでありますッ」

「え？　それはL.L.ビーンをパクったと思われるネーミングがってこと？　それとも株価の話かな」

「健ちゃん、パクじゃなくてインスパイア、インスパイアだから」

「自分としてはネーミングと言いたいところでありますが、残念ながらそこはグレイゾーンであります。と、それよりもS・S・ボーンは、情報提供者であるホルバートの勤務先で」

「じゃあ火事に巻き込まれてる可能性もあるの!?　それを早く言ってよマシューぅ」

というわけで一行が大慌てで駆《か》け付けた先では、ボーン社の施設《しせつ》が燃えていた。厳密にいうと、社屋の真正面に置かれている、巨大《きょだい》な骨のオブジェが火の粉を上げて炎上《えんじょう》していた。全長五メートルというサイズと、骨付き肉を模したデザインに目を瞑《つぶ》れば、アウトドアな火葬《かそう》に見えなくもない。

「……ていうよりバーベキューかなあ」

誰もが一度は憧《あこが》れる、原始時代のあの炙《あぶ》り肉だ。どうせ被害はオブジェだけなのだし、他人事だと割り切れれば、暮れかけた空に燃え上がる炎《ほのお》が美しい。

しかし彼等には割り切れない理由があった。

「いましたでありますッ」

発見したのは、顔見知りであるマシューだった。

情報提供者のホルバートは元々、マシュー・オールセンが共同経営者として名を連ねている店の常連客だ。マサチューセッツ州最大規模のオタ……ジャパニーズサブカルチャーショップ、その名も「テーラーズ」。書店なのに。この店には国際的銀行マン略してグロギンマンである渋谷勝馬《しょうま》の勤め先も、微少《びしょう》ながら出資している。経済的には日米共同参画、表向きは日本とアメリカ合衆国の虹《にじ》の架《か》け橋だ。

店長のヨナサン・テーラーはスキンヘッドのくせに無精髭《ぶしょうひげ》というどっちつかずな男だ。オープンの経緯《けいい》を知る数少ない友人達には、ムショ帰りのヨナサンなどと呼ばれているが、彼女ができる前から育児書を読み耽《ふけ》るといった子供好きの一面も持っている。口癖《くちぐせ》は「これは剃《そ》ってるんだからね、ハゲじゃないんだからねっ」。その一声を聞いた途端《とたん》、一見さんは感動と共に皆こう漏《も》らす。

「オーゥ、エクセレント・ツンデレー！」

日本文化は誤解されていた。それはツンデレではない。

ボストンのダウンタウンという立地のせいで、テーラーズの客にはハーバード大学、マサチューセッツ工科大学等、周辺の学校に在籍《ざいせき》する学生も多い。謂《い》わば、合衆国の頭脳たるマニアが通い詰《つ》める店。世も末である。

ホルバートも当初はそういった客の一人だった。

他《ほか》の常連にゴッグというニックネームをつけられても、本人はきょとーんとしていたところをみると、モビルスーツ目当てではないらしい。店舗《てんぽ》の健全経営のために手広くやっているから、美少女フィギュアやトレーディングカード好きの客がいてもおかしくはない。最初に訊《き》いたときにマシューが困惑《こんわく》した顔で、あまり親しくないと首を振《ふ》ったのは、どうやらその辺に理由があるようだ。

マシューに見つけてもらえるまで、ホルバートは車も疎《まば》らな駐車場の中央で、ポケットに片手を突《つ》っ込んで立っていた。お約束というか案の定というか、やっぱりドーナツを齧《かじ》っている。

「ミスター・ホルバート！」

呼ばれて振り向いた男は、外国人力士として充分《じゅうぶん》に通用しそうな巨漢だった。とはいえ、脂《し》肪《ぼう》だらけというわけではない。肩《かた》と首のラインは曖昧《あいまい》だが、D&P（ドーナッツ・アーンド・ピッツァ）生活者にしては、まあまあの堅太《かたぶと》りを維持《いじ》している。若さの恩恵《おんけい》だろう。三十過ぎたら地獄《じごく》だ。

ホルバートは車と野次馬《やじうま》から離《はな》れ、小走りでやってきた。

とにかく色が白くて巨漢なので、ちょっと走っただけであっという間に顔も腕《うで》も赤くなる。控《ひか》えめにいえばファーマー風で気のいい大男。有り体《てい》にいえばやたら血色のいいデブ。しかももうすぐ十一月という肌寒《はだざむ》い季節に半ズボン。ハーフパンツというより半ズボン。でも本人的には何ともないようだ。

「やあ」

マシューにドーナッツを振ってみせ、村田とロドリゲスにはアームレスリング全米チャンピオン並みに太い右手を差し出した。

生まれついての金髪《きんぱつ》一族特有の顔で、眉毛《まゆげ》が殆《ほとん》ど目立たない。秀《ひい》でた額の下の奥まった場所に、色素の薄《うす》いブルーの瞳《ひとみ》があった。鼻から唇《くちびる》までが長く、顔は少々猿《さる》系。日本の中学校で教師でもすれば、入学式当日にニックネームを貰えるだろう。

その名も、ゴリ！

「どうも、ゲルハルト・ホルバートだ」

改め、ゲル！

「でも普段《ふだん》はゲイリーと名乗ってる」

……改め、ゲリ。

「だってドイツ人でもないのにゲルハルトって、ちょっとどうかと思うだろう？　でも気にせず好きな名前で覚えてくれ。何ともないから」

村田は表情に乏《とぼ》しいと言われる日本人観を覆《くつがえ》すべく、必要以上の笑顔《えがお》で挨拶《あいさつ》をした。

「モーニング、ゲリ」

「今は夕方だぞ？　それに渾名《あだな》はゴッグだ」

すぐに訂正《ていせい》されてしまった。

「火事は大丈夫《だいじょうぶ》なの、ゴッグ？」

「うーんまあ正直、会社のシンボルだから痛手でないといえば嘘《うそ》になるが……でも大丈夫」

ゲリ・ホルバートは、ぐっと親指を立ててみせた。

「何ともないぜ！」

「さすがゴッグだー」

小児科医とマシュー・オールセンは、何故《なぜ》かうっとりとした顔だ。村田だけが一人ついていけない。

「ただ一応は関係者だから、勤め先の火事をほっぽって帰るわけにいかないんだ。時間に遅《おく》れて悪かったな」

「関係者というと、社長《シャチョ》さん？」

村田の水商売トークに、ホルバートは奥まったブルーの瞳を照れたように細めた。

「いやー、違《ちが》うよ。俺は三年前からここのディスカバリー・スクールで講師をやってんだ」

「ああ、レスリングとか」

「いや、狙撃《そげき》」

「そ……」

「人気のクラスなんだ。女にモテるし、モンキー東條みたいで格好良いからだろうな」

そんな殺し屋《ヒットマン》聞いたことがない。後ろに立ってはいけない人とは、東一文字しか合っていない。自分の額に風穴が飽《あ》きそうな冗談《じょうだん》を言い、ゲイリー・ホルバートは背筋を反らして笑った。狙撃って、アウトレットモール中心のリゾート地にあるスクールで教えてもいいものなのだろうか。

「話ってのはこれに関してだ」

ホルバートはポケットから油紙の包みを取り出した。

「ああっ、そんなぞんざいにして」

「大丈夫だよドクター、火に近付けさえしなければ」

「え？　あ、火に近付けちゃいけない？」

急に言われて焦《あせ》ったのか、ホルバートは包みを落としそうになった。ちょうど掌《てのひら》に収まるサイズだ。

「そうだったのかぁ。うちのばあさんは鉛《なまり》の箱に入れてたみたいだけど、あれは心霊術《しんれいじゅつ》とかオカルト避《よ》けだから関係ないよな。俺はホントこういう骨董品《こっとう》に疎《うと》くて」

肉厚な手から包みを受け取った村田は、ずしりと重いそれを左手に載《の》せて油紙を開いた。彼でさえ指が震《ふる》える。

「これを、何処《どこ》で？」

「ずーっと昔、俺の祖父《じい》さんの父親……曾祖父《そうそふ》が執事《しつじ》を務めていた家の物なんだけど……それがどうも、ちょっと曰《いわ》く付きの代物《しろもの》らしくて」

「だろうね」

そこにあったのは金属の破片だった。一辺が十センチ程度の歪《いびつ》な三角形で、熱と空気のせいで酸化し、黒ずんでいた。断面には錆《さび》も浮《う》いている。厚さこそ一センチに満たないが、重量はかなりあった。こんな重しをポケットに入れておいて、よくズボンが下がらなかったものだ。

表面を掌でそっと撫《な》でると、磨《す》り減って浅くなった彫刻《ちょうこく》が動物を描《えが》いたものだと判《わか》った。殆ど読み取れないが、左半分には文字がびっしりと刻まれている。

送られてきた画像のとおりだ。

精細なデジタルカメラの写真を一目見ただけでピンときた。村田の、或《あ》いは遥《はる》か昔に魂《たましい》の所有者だった者の記憶《きおく》が確かならば、これは確かに箱の一部だ。厳密には『凍土《とうど》の劫火《ごうか》』の縁飾《ふちかざ》りの一部だ。もちろん造られた当初から存在した物ではない。一番初めは無駄《むだ》な装飾《そうしょく》は一切無かった。地球に運ばれてきた後、いずれかの時代の職人に手を加えられたのだろう。

どこで別れたんだ。

村田は爪《つめ》の先で文字の溝《みぞ》を辿《たど》りながら呟《つぶや》いた。

ヘイゼルの元にあった頃《ころ》に、衝撃《しょうげき》を受けて欠けたのだろうか。

金属片を凝視《ぎょうし》したまま黙《だま》り込む村田の代わりに、ロドリゲスがホルバートに尋《たず》ねた。

「曾《ひい》お祖父さんのお名前は？」

「ベンヌヴォート。ベンヌヴォート・ホルバート。ばあさんの名はダイアン・ホルバートだ。結婚《けっこん》前はダイアン・グレイブスだった」

「グレイブス⁉ グレイブスって、あの」

「うん、ボストンじゃちょっと有名だよな」

「じゃあきみはグレイブス家の人間なのか！」

「待ってくれ。違う、全然違うって」

ゲイリー・ホルバートは毎日ライフルを握《にぎ》っている手を、今日は否定のために振った。

「曾祖父さんはグレイブス家の執事だったんだけど、執事だってまあ妻子がいるよな。ホルバート家にも息子《むすこ》が二人いて、下の息子のほうが俺の実の祖父だ。祖父《じい》さんね、じーさん。これがちょっとこう、従軍中の写真見るといい男なんだ。金髪に青い目で軍服が似合う似合う」

何を想像しているのか、マシュー・オールセンが鼻の下を伸《の》ばした。

「もちろん女の子が放っておかなかった。祖父さんも放っておかれなかった。二股《ふたまた》どころか三《み》つ叉《また》だよ。ポセイドンが持ってるアレみたいな感じな。おかしいなあ、その遺伝子、四分の一くらいは俺にも残ってるはずなんだけど。だから出征《しゅっせい》時も三人くらい恋人《こいびと》がいて」

「その内の一人がダイアン・グレイブス？」

「違う違う、まだこの時点では掠《かす》りもしねえ。それで祖父さんは三人の写真を持って戦場に行き……うっかりしてその内の二枚を無くした」

「わー、薄情者《はくじょうもの》だなー」

「なのに祖父さんときたら、落とした写真が独り者の兵士の慰《なぐさ》めになったかもしれないから、自分は善行を積んだって言い張るんだぜ？」

これだからモテる男の行いは許せないというのだ。同意とばかりに燃え盛《さか》る骨付き肉がパチンと弾《はじ》けた。今頃になって消防車が駆《か》け付ける。遅《おそ》い、肉が焼けるまで通報しなかったのではないかというほど遅い。

「仕方がないから祖父さんは、残った一枚を大切にした。当時ロシアに居たらしいんだけど、ある日、敵軍の激しい攻撃《こうげき》に曝《さら》されて、進軍中に隊が孤立《こりつ》したらしいんだ。それで戦闘《せんとう》の最中《さいちゅう》、小康状態になった時に、祖父さんと戦友は一本の煙草《たばこ》を二人で代わり番こに吸いながら、ポケットから写真を取り出して……」

『俺、戦争が終わったらこの娘《こ》と結婚するんだ』

やっちゃったー！

子孫だけがリアクションをとれずにいる中、三人は同時に額を押さえ、口々にお悔《く》やみの言葉を述べた。

「気の毒にゲリ」

「お祖父さんもきっとその場の雰囲気《ふんいき》で言っちゃったんだと思うよゲリ」

「でも今までの話だと、きみはこの世に存在してないよゲリ」

「死んでないぞ？」

「えーっ⁉」

「死亡通知は届いちゃったけどな。誤報のお陰《かげ》で戦死したと思われたから、いざ祖父さんが還《かえ》ってきた時には、かつての恋人達はみんな他《ほか》の男と結婚しちゃってたんだよ。そこに現れたのがハーバート出のエリート弁護士と結婚してたダイアン旧姓《きゅうせい》グレイブス。祖父さんは戦争終わってもそのまま軍隊に残ったから、制服姿に惚《ほ》れちゃったんだろうなあ」

「その話、長くかかるー？」

まず飽きてきたのは村田だった。他人の祖父と祖母のロマンスなどに興味は無い。ホルバートはデブキャラに似合わぬ饒舌《じょうぜつ》ぶりで、放っておけば第一章、父と母の出会い編、第三章、俺の脳内彼女編まで語りかねない。心苦しいが適当なところで釘《くぎ》を刺《さ》さないと危険だ。

「よし、要約する。祖父さん男前、ばあさん惚れた、でも人妻、結婚できない、駆け落ち。祖父さんの父親ベンヌヴォート・ホルバート、主《あるじ》の家のお嬢様《じょうさま》に横恋慕《よこれんぼ》するとは何事かと責任感じてグレイブス家の執事を辞職。ボストンを中途半端《ちゅうとはんぱ》に離《はな》れて昔のフリーポート近辺に居着く。ほーら早い、早かっただろ？　本家じゃないったって金持ちのお嬢さんだから、当時はまずかったんだろうな、そういうのが」

「へーえ、あのダイアンがねー」

レジャンの記憶を引っ張りだし、村田は密《ひそ》かに感心した。

一族で唯一《ゆいいつ》のブロンドで、理想を絵に描《か》いたような女性だった。牛追い娘《むすめ》とジャングル探検隊スタイルだったエイプリルとは、正反対の従姉妹《いとこ》だったのに。常に時間どおり現れる許嫁《いいなずけ》がいるのだと、エイプリルが言っていた。あれは自慢《じまん》だったのか羨望《せんぼう》だったのか。

「執事の息子と駆け落ちかぁ。そんな風にはとても見えなかったのに」

「健ちゃん」

小児科医がフレームの向こうで眉《まゆ》を顰《ひそ》めた。混同するなと忠告しているのだ。

「その孫の俺がハーバード通ったんだから、人生ってわかんねーもんだよな！」

隣《となり》ではマシュー・オールセンが、ゴッグって凄《すご》い奴《やつ》だったんだなと素直《すなお》に感心している。しかし一般《いっぱん》的に見れば、軍人の孫が超《ちょう》エリート大学に進学したことよりも、世界有数の超難関校を卒業しておきながら、某社《ぼうしゃ》のパクリみたいな名前の会社で狙撃クラスの講師をしていることのほうが余程驚《よほどおどろ》きだ。

渋谷勝利も羨《うらや》む進学先だというのに、まったく人生とは予測のつかないものである。

「じゃあダイアンが、嫁入《よめい》り先でこの金属片を守って……保管していてくれたんだね。でも彼女は何処でこれを手に入れたんだろう。まさか嫁入り道具代わりに持ち出したわけでもないだろうに」

「あー、電話で言っただろ？　それはばあさんのじゃなくて、曾祖父さんの遺品だ」

「執事だった？」

「うん、なんかグレイブス家の何代目かのご当主が、火事で亡《な》くなったんだってな。曾祖父さんより年上だったらしいけど」

ヘイゼル・グレイブスのことだ。

「それで曾祖父さんが後片付けに入ったんだとさ。ご当主の孫娘のお嬢さんが、自分が遺品を整理するってきかなかったんだけど、なにせ焼死なんて惨《むご》い理由でお祖母さんを亡くしたばかりだ。もしそれで焼け跡《あと》に入って遺体の一部でも見つけた日には大変なことになる。可愛《かわい》いお嬢さんにそんなことさせられないって、執事としてこっそり事前に片付けたらしいんだ。そこで、それを」

ホルバート・ヤングは村田の手の中にある金属片を顎《あご》で示した。

「けど曾祖父さんは、ご当主が亡くなる前に聞いてたんだよ。この金属が嵌《はま》ってた何かについて。なんだろう、盾《たて》とか鏡の一部かい？」

もちろん三人とも答えようとしない。一人は知らないし、二人は知っていながら口を噤《つぐ》んでいる。訳知り顔の人間が増えれば増えるほど、事は厄介《やっかい》になってゆくものだ。

「まあいいや。とにかく曾祖父《ひいじい》さんは、数え切れない程の貴重品を所蔵するご当主にチラッと聞いてたんだ……これは、人が触《ふ》れてはならない禁忌《きんき》の品だって。だから拾った。慌《あわ》てて隠《かく》した。可愛《い》いお嬢さんを守らなきゃならないから。灰ばかりの焼け跡で唯一残ったこいつを、自分の所に仕舞《しま》い込んだんだ」

ゲイリー・ホルバートは如何《いか》にもアメリカ人らしい身振《みぶ》りで、ひょいと肩《かた》を竦《すく》めてみせた。曖昧《あいまい》だった肩と首のラインがますます肉に埋《う》もれる。

「で、祖父さんと駆け落ちした件で負い目のあるばあさんは、曾祖父さんの遺言をがっつり守った。焼け跡から見付かったその欠片《かけら》だけは、決してグレイブス家のお嬢さんに渡《わた》してはならないって遺言をね。だって、可愛いエイプリルお嬢さんが、ご当主みたいな目に遭《あ》ったら大変だろ？」

な、と同意を求められ、マシューが大きく頷《うなず》いた。ロドリゲスも顎を半分下げかけている。

「そして俺にお鉢《はち》が回ってきた。いいことゲルハルト、これは絶対にグレイブス家に戻《もど》してはいけないのよ。わかったよおばあちゃん、じゃあ俺はどうすりゃいいの？　そう訊《き》くとばあさんは、おっそろしい形相で言ったもんさ。ずっと持ってなさい！　セイラムの魔女《まじょ》みたいな声で。俺は良い子の笑顔《えがお》で、うんわかったー」

巨漢《きょかん》の披露《ひろう》する老婆《ろうば》の物真似《まね》に笑いながら、村田は無意識に金属片を握《にぎ》り締《し》めていた。裏返して確認《かくにん》したい。裏側に木片が貼《は》り付いていたら最高だ。たとえ灰になっていても、量が残っていれば、或《ある》いは……。

「でもちょっと可哀想《かわいそう》な気もするねえ。ダイアンだってグレイブス家のお嬢さんなのに」

「そりゃ違《ちが》う」

小児科医が率直《そっちょく》な感想を漏《も》らすと、ゲイリー・ホルバートは遺憾《いかん》だとばかりに首を振った。顔も腕《うで》も上気して真っ赤だ。この薄寒《うすざむ》い気候にも拘《かか》わらず、額には汗《あせ》まで浮《う》かべている。

「曾祖父さんにとってダイアンは娘だ」

そう断言されて、部外者達は黙《だま》った。家族の問題だ、彼等の心の中は他の誰《だれ》にも理解できないし、踏《ふ》み込むべき場所でもない。返せるとしたらこんな言葉だけだろう。

なるほど。

「けれど二年前にばあさんが祖父さんの元に逝《い》ってしまって、俺は急に不安になり始めたんだ。多分、葬式《そうしき》にグレイブス家の皆様《みなさま》が参列してくれたからだと思うな。なんか凄いの居たんだ、ハイスクールのアイドルでチアリーダーで、世界的に超有名なレジャーパンダとか、自分で言う奴」

アビゲイル・グレイブスだ。ホルバートもまさかあの錦鯉《にしきごい》が、とんでもニッポン通だとは知りもしないだろう。逆の立場からすればアビーだって、遠い血縁《けつえん》にジャパニーズサブカルチャーマニアがいるとは思いもよらないだろう。血は水よりも濃《こ》いとはまさにこのことかもしれない。

だがホルバートは明らかにアビゲイルを恐《おそ》れていた。というよりもお近づきになりたくないと尻込《しりご》みしていた。話してみれば意気投合するかもしれないのに。

「別に親戚《しんせき》付き合いするつもりもなかったけど、あんな凄いのがいるんじゃ尚更《なおさら》ゴメンだな。でも住所とか知られちゃった以上、あいつがいつ乗り込んでくるか判《わか》らないじゃないか。アレ返せーってな。そうしたら俺、ばあさんとの約束を守り切れる自信ないし。その時思い出したんだ、なんとか供養ってシステムが日本になかったっけって」

「それで日本のサブカルチャーに詳《くわ》しいヨナサン店長に話を持ち込んでくれたんだ。ありがとうゲリ、お陰で僕等はこれに巡《めぐ》り合えた。お礼を言うよ。預かってもいいかな？」

返事を聞かずに村田は箱の欠片を上着のポケットに滑《すべ》り込ませた。断られたらこのまま逃走《とうそう》するつもりだ。

「でも取《と》り敢《あ》えずゲリ、きみは戦場で恋人《こいびと》の写真を見せるのだけはやめといたほうがいいね」

村田の助言にホルバートは、ドーナツ臭《くさ》い親指をぐっと突《つ》き出した。

「俺は祖父さんと違ってモテないから、何ともないぜ！」

「さすがゴッグだー」

条件反射のようにマシュー&ロディーがうっとりした。

ホテルへと戻る車の中で、村田はぼんやりと日本の家のことを考えていた。

マンションのエントランスと集合ポスト、ベージュの内装のエレベーターと、隣家が飼っている小型犬。それから家族のことを考えた。自分達は親の代からしかあのマンションに住んでいないが、グレイブス家は事に依《よ》ると入植者の時代からボストンに居を構えている。特に由緒《ゆいしょ》のあるわけではないホルバート家だって、曾祖父の代からフリーポート近くで生活してきたのだ。

「一族とか、そういう意識がないのも頷けるよな」

「なに？　どうしたの健ちゃん」

「何でもないよ、ゲイリー・ホルバートはなかなかナイスガイだったなーと思って」

隣に座った小児科医は髪《かみ》を振り乱して、ゴッグかーと笑った。

「ブロンドでブルーアイ、超エリート大学出身で、ライフルの腕前はプロ級。話も面白《おもしろ》い。あとは身体《からだ》さえ絞《しぼ》ってマッチョに変身すれば完璧《かんぺき》なのに。お祖父さんほどモテないなんて言ってる場合じゃなくなるよ？」

「女の子はそんな単純じゃないと思うよー」

標準体型で銃《じゅう》も撃《う》てない若造にとっては、喜ぶべき真理なのか。村田は大きな溜息《ためいき》を吐《つ》いた。

「それにしても、人生って判らないものだな」

「なんだい、藪《やぶ》から棒に」

「ダイアン・グレイブスのこと。当時の女学生としては完璧だったよ、理想の女性という褒《ほ》め言葉は彼女のためにあるって感じだった。グレイブス家の人達も、エイプリルには眉《まゆ》を顰《ひそ》めたけど、ダイアンに関しては微塵《みじん》も心配していなかった。完璧な相手と完璧な結婚《けっこん》をして、非の打ち所のない人生を送るものだと信じて疑わなかった……と、レジャンの記憶《きおく》ノートには書かれてたわけ」

ロドリゲスの視線に気付いて、そう加えた。

「なのに執事《しつじ》の息子《むすこ》と不倫《ふりん》の挙げ句、駆《か》け落ちって。ほんと、二十歳《はたち》の頃《ころ》の彼女からは想像もつかないよ。未来なんて自分自身ですら予測できないものだね」

「そうだよ、きみだって判らないよ、二十年後には僻地《へきち》の診療所《しんりょうじょ》で、住民の胸に聴診器《ちょうしんき》当ててるかもしれない」

「僕が文系か理系かも知らないくせに」

運転していたオールセンが、不意にレンジローバーのスピードを落とした。だがすぐに戻したところをみると、特に故障ではなかったらしい。鹿《しか》横断注意の標識でも確認したのだろうか。

「……ボブは知ってるのかな」

「ん？　ボブもきみが理系かどうかまでは興味ないんじゃない？」

「違うよ、ダイアン・グレイブスの人生。彼女がベンヌヴォート・ホルバートの息子と結婚して……いや、そこまでは絶対知ってるよね。彼のことだから新しい執事くらい斡旋《あっせん》してそうだ。でも箱の欠片は？」

不安に駆られて、村田はポケットの金属片をぎゅっと握り締めた。油紙が手の中で皺《しわ》を作る。

「ホルバートさんとダイアンが『凍土《とうど》の劫火《ごうか》』の欠片を守り続けたって、ボブは知っているのかな」

「うーん」

また車がスピードを落とし、今度は明らかに路肩《ろかた》に寄った。しかし今回もすぐに車線に戻る。マシューがしっかり目覚めているのを確認してから、ロドリゲスはもう一度唸《うな》った。

「うぅーん……断言はできないけどー。でもね、いくら魔王《まおう》だって、年寄りが命懸《いのちが》けで隠し通そうとした秘密までは暴けないんじゃないかとオレは思うよ。たとえそれが銃火《じゅうか》を浴びる類《たぐい》の命懸けじゃなくてもね」

「お年寄りが命懸けで、か。文字どおり二人とも……もガッ！」

後ろからの衝撃《しょうげき》に舌を噛《か》みそうになった。寄り掛《か》かっていた背中が弾《はず》みで浮く。シートベルトが腹に食い込んだ。

「な、ナニッ⁉」

「カミカゼでありますッ！」

神風と聞いて、日本史も得意な村田が反応した。

「えっ、フビライ・ハン⁉」

「お願い健ちゃん、メキシコ人にも通じる言葉で喋《しゃべ》ってー」

車内がパニックに陥《おちい》っている間にも、ガツン、ゴスンと二回ほど衝撃があった。攻撃《こうげき》続行だ。

「後続車が怪《あや》しい動きをしていたので、何度かやり過ごそうと試みたのでありますがッ、どうあっても抜《ぬ》き去ろうとしないのでありますッ！　どうやら尾行《びこう》されていたようで」

「びび尾行って、ナナナなんでー⁉」

「自分にはとんと判りませんがっ、そいつが急に攻撃をしかけてきましたでありますッ」

対向車線に逃《のが》れるが、後ろの車はぴったりついてきては、衝突《しょうとつ》を繰《く》り返す。村田は辛《かろ》うじて振り返り、加害車を見た。ロドリゲスはシートベルトに苦しめられている。

「まさか、ぐえ、ボブの差し向けた、ぐえ、エージェント⁉　だとしても裏切りがばれるの早すぎるよー！」

「違う、いくらボブでもお年寄りを刺客《しかく》に使ったりしない」

ぶつけてきているのは赤のプリマス、運転席に居るのは、驚愕《きょうがく》に両目を見開いた老婦人だった。白髪頭《しらが》を全部立てて、ハンドルにしがみついている。どうやら故意に攻撃しているわけではなさそうだ。

「くそっ、ブレーキきいてないんだ！」

おばあちゃんと赤い車。言葉にすると絵本のタイトルみたいで微笑《ほほえ》ましいが、実際は真ん中に「地獄《じごく》の」か「悪夢の」が入る。当てられるほうは堪《たま》ったものではない。

一際《ひときわ》大きな衝撃があって、レンジローバーは轟音《ごうおん》と共に道路を突っ切り、路肩に乗り上げた。疎《まば》らに設置されたガードレールに止められて、辛うじて路上に残る。後ろから来たプリマスは、ギブアップしたレンジローバーの尻《しり》をしつこく攻《せ》め、バゲッジシートを潰《つぶ》してから路肩を越《こ》えた。運の悪いことにプリマスの鼻先にはガードレールがなかった。

おばあちゃんの赤い車は、五メートルほどの急な斜面《しゃめん》を鼻から落ちた。

車を飛び出した彼等が見守る前で、運転席のドアが開き、ドライバーがよろめきながら出てきた。額から血を流してはいるが、どうにか自力で立っている。大事ないようだ。

ロドリゲスとオールセンが手を伸《の》ばし、老婦人の腕《うで》を摑《つか》んで引き上げようとしたが、彼女は何故《なぜ》か首を捻《ひね》り抵抗《ていこう》して、崖《がけ》を登ってこようとしない。興奮のあまり裏返った声で何事か叫《さけ》んでいる。

「助けて、助けて！」

「だから手を貸してるのにー。早く登って奥さん。漏《も》れたオイルで滑るのかな？」

燃料タンクを破損したのか、プリマスからしみ出る液体は真下の草を黒く染めていた。革のシートが焦《こ》げる匂《にお》いが届くと、老婦人はますます声を高くした。

「孫がいるの！」

「えっ⁉」

マシューの携帯《けいたい》電話は車内で、ロドリゲスの黄色くてコンパクトな二つ折りケータイは、衝撃でパッキリいっていた。周囲には他に通り掛かる車もない。

迷っている暇《ひま》はなかった。

村田は斜面を滑《すべ》り降りた。車に駆け寄り取っ手を引っ張るが、後部座席のドアはびくともしない。ロックされているのだ。

「健ちゃん窓破って、窓！」

「破れったって、何で⁉」

周りを見回しても草ばかりで、パイプや角材はおろか石も転がっていない。素手《すで》で強化硝子《ガラス》は割れないだろう。道具がない、どうすれば……。

座席には幼い女の子の姿があった。チャイルドシートに身体を固定されたままで、今にも泣きだしそうに真っ赤な顔を歪《ゆが》めている。何が起きたのかは判っていないが、ただ怖《こわ》がって、怯《おび》えていた。茶色い瞳《ひとみ》が村田を見付け、彼女は小さい手を伸ばした。硝子越しに。

道具なら、あるじゃないか。

上着のポケットがずしりと重くなった。

道具ならある。

彼は受け取ったばかりの金属片を油紙ごと握《にぎ》り締《し》め、その尖端《せんたん》を窓硝子に叩《たた》き付ける。一発目で鈍《にぶ》い音がして蜘蛛《くも》の巣状の罅《ひび》が広がり、二発目で厚い硝子が粉々になって四散した。

「目を閉じて！」

「さあおいで、もう大丈夫《だいじょうぶ》」

軽い身体《からだ》をシートから抱《かか》え上げ、斜面まで走る。三、四歩登った辺りでロドリゲスに手が届き、泣きじゃくる女の子を渡《わた》す。ほっと息を吐《つ》いて、ようやく自分がやけに身軽なのに気が付いた。上着が軽い。ポケットの中は空だ。焦《あせ》って振《ふ》り向くと、プリマスの拉《ひしゃ》げたバンパー近くに黒っぽい塊《かたまり》があった。濡《ぬ》れた草に沈《しず》んであまりよく見えない。

「しまっ……」

「駄目《だめ》だ健ちゃん、戻《もど》っちゃ駄目だ！」

踵《きびす》を返した村田の背中を、制止の声が追ってきた。

ホセ・ロドリゲスは優秀《ゆうしゅう》な小児科医で、親切でとても善良な人だ。自分が幼く、まだ我が身に起こっている奇妙《きみょう》な事態が呑《の》み込めていなかった頃から親身になって世話をしてくれた人だ。生まれる前から守ってくれた人だ。

ジョゼはいつも正しい。

だが今回ばかりは従うわけにはいかなかった。

あれを失ったら、もう二度と彼を捕《つか》まえられないかもしれない。

村田はもつれる脚《あし》でプリマスの傍《かたわ》らまで駆《か》け寄り、半ば転ぶように箱の欠片《かけら》に手を伸ばした。指が届く。不思議と温かい金属の三角形を掴む。落とさないように強く握る。

右の視界の隅《すみ》で、一瞬《いっしゅん》だけ何かが光る。

エンジンバルブの奥に、オレンジ色の小さな点が見えた。内部で発火しているのだ。

「健ちゃんっ⁉」

どうやら僕はミスをしたようだ。

村田はレンズに罅が入るのを甘受《かんじゅ》しながら、自嘲《じちょう》気味に思った。

このままでは確実に爆発《ばくはつ》に巻き込まれる。

でもこの場に彼がいたら、子供を助けない僕を軽蔑《けいべつ》するだろう。まあ軽蔑まではしないかもしれないな、いい奴《やつ》だから。でも失望はする、絶対に。

天と地が逆になり、さっきまで普通《ふつう》だった草と木が、海中の植物みたいに揺《ゆ》れた。世界が九十度折れて歪み、直線が全《すべ》て曲線になった。

自分の周囲を取り囲んだ炎《ほのお》が、螺旋《らせん》を描《えが》いて高く燃え上がるのが見える。勢いの割に熱くはなかったが、髪《かみ》や服が焦げる不快な匂いは感じた。さっきの骨付き肉を思い出し、発作《ほっさ》的な笑いがこみあげてくる。

しかし村田が笑うより先に、熱気で呼吸ができなくなった。遠くでドクターが叫ぶのが聞こえる。

死なないことだけは判っていた。そうでなければこんなに冷静ではいられない。

欠片は炎と爆発の力を利用して、箱の元へ戻ろうとしている。或《ある》いは灰か、金属の裏に残った木屑《きくず》かもしれないが、長い時を共に過ごした箱を追って、異なる世界へ跳《と》ぼうとしている。

この衝撃に耐《た》えれば、村田の肉体も共に運ばれるだろう。ヘイゼル・グレイブスは持ち堪《こた》えた、この苦痛に耐えたのだ。

でも渋谷、次はちゃんと一緒《いっしょ》に連れて行ってくれ。僕はこんな方法は願い下げだ。


すごくくるしい。

5

約束どおりコンラッドが戻ってきた時、おれは疲《つか》れ果てて眠《ねむ》り込む一歩手前だった。だから声をかけられるまで、近付いてきた足音にも気付かなかった。

「寝《ね》ないでください」

膝《ひざ》を抱えて下を向いたままだったから、松明《たいまつ》の心温まる赤も見えない。ただ、真っ黒だった視界がほんの少し明るくなっただけだ。

「戻ってきました」

「あ……っ」

息は声にならなかった。目を閉じて喉《のど》を押さえると、コンラッドはすぐに気付いてくれた。

「飲んで」

ちゃぷん、と水の音がする。携帯用の容器にたっぷり入っているのだろう。口に入れた途端《とたん》に噎《む》せて、半分以上を吐きだしてしまう。卑《いや》しく一息に呷《あお》ったために、上手《うま》く飲み下せなかったのだ。

「しーっ、じっとして」

コンラッドは首の後ろに左腕《ひだりうで》を差し入れて支えると、水滴《すいてき》を指に載《の》せ、まずおれの唇《くちびる》を湿《しめ》らせた。それから僅《わず》かずつ水を含《ふく》ませてくれる。柔《やわ》らかい皮が顎《あご》と口に当たった。ゆっくりと角度を変えると、あまり冷たくない水が喉に流れ込んできた。

砂漠《さばく》の日差しの下を運ばれてきた水だ。

罅割れるかと思う程《ほど》の渇《かわ》きが治まると、おれは不意にある光景を思い出し、可笑《おか》しくなって忍《しの》び笑った。もう喉を動かしても痛まない。

「何です」

「そのやり方は、お兄ちゃん直伝なの？」

「直伝というと……」

「前にグウェンダルが、同じようにして子犬にミルクを飲ませてた」

子猫《こねこ》だったかもしれないが。

まったく、コンラッドにかかるとおれも、いつまでも子供扱《あつか》いだ。

「かもしれません……どれだけ飲んでいないんですか？」

「ずっとだよ、五日くらい」

「五日も！」

「でも平気だ、生き延びた」

「よかった」

肩胛骨《けんこうこつ》の辺りで、「本当に」というくぐもった声がした。彼はおれの首筋に顔を埋《う》め、長い腕を背中に回す。力のこもった指が、中央より下の背骨に触《ふ》れた。

「あなたを失うかと思った」

「大袈裟《おおげさ》だよコンラッド」

あまり強く抱《だ》きつくので、ギュンターが乗り移ったのかと思った。けれどおれ自身にも解《わか》っている。二人とも此処《ここ》にいるからこそ大袈裟だと笑えるが、もう二度と会えない可能性もあった。その確率が限りなく上限に近くなった瞬間《しゅんかん》が、確かにあったのだ。

「……具合が悪そうだ。痩《や》せて」

「腹が減ってるからだよ。そりゃ絶食が続けばげっそりもするさ。あーあ、せっかく増量した筋肉が」

「たとえ朝の謁見《えっけん》を忘れても、食事だけは忘れない人だったのに！」

それでも安心感からか、冗談《じょうだん》を交えた会話ができるようになる。彼は腕を離《はな》すと、すっと身体を起こした。動作が早い。

身体に当たる空気の流れがいつもより早く、勢いが良くて、おれは一瞬戸惑《とまど》った。ここ数日間はそう運動能力のないサラレギーと、疲弊《ひへい》しきった自分しかいなかったから、健康な人の動きに皮膚《ひふ》感覚が慣れていなかったのだ。

「味にこだわりさえしなければ、食糧《しょくりょう》も持って来ています。水を飲んだからって満足して寝ないでください。地上に出たら好きなだけ眠らせてあげますから」

「努力する……でもどうせ上では寝られないよ。また馬に乗るんだろ？」

「乗馬中に居眠りする方法はいくらでもありますよ」

「うん」

声の聞こえる位置から判断すると、今はちょうど真向かいに居る。地面に片膝をついて、こちらを覗《のぞ》き込んでいるはずだ。

「話があると言いましたね」

「ああ」

おれは彼の視線から両目を隠《かく》すように俯《うつむ》いた。

「あいつ、箱を狙《ねら》ってる」

「サラレギーが？　また面倒《めんどう》なことに……」

「そうなんだ、でもまだ箱だと気付いてはいないらしい。王族の墳墓《ふんぼ》に何かがあって、母親と弟はその何かの力を得たんだと思ってる。自分も欲しがってるんだ、手に入れる気でいる。だから自分達が赤《あか》ん坊《ぼう》の頃《ころ》に母親が通った道を辿《たど》り、地下から直接先祖の墓に向かうつもりだった。ここなら二人に見付からずに済むからね。母親と弟の目を掻《か》い潜《くぐ》って、当時と全く同じことをしようとしてるんだ」

「母親というのは、あの？」

「そう、なんていったっけ、アラゾン？　名前のとおり勇ましい人だ。アマゾン？　アマゾネス？　一文字違《ちが》うけどね」

「俺達は弟のイェルシーには会ったけど、母親のアラゾンは後ろ姿さえ見ていませんね。兄弟の話だと重い病で、容態が思わしくないようだったが」

コンラッドは小さく唸《うな》った。右の掌《てのひら》をおれの膝に載《の》せる。

「息子《むすこ》の立場からしても、あまり善人とは言えない国主なのかな」

「でもおれが見た夢は、サラレギーの言い分とはかなり違ってた……夢は夢だと言われちゃえばそれまでなんだけど」

「とにかく注意するに越《こ》したことはない。箱が絡《から》むと両シマロンは厄介《やっかい》だ。早めにぼろを出してくれて助かった。さあ陛下、ヘイゼルたちをあまり待たせても気の毒だ。立てますか？」

頬《ほお》に生まれたての風が当たって、手が差し出されたのだと判った。もうこれ以上隠しておくこともできずに、おれは重い口を開く。

「まだ終わってない」

喉はそれなりに潤《うるお》ったはずなのに、声が掠《かす》れた。この場から逃《に》げたくなる。

「サラレギーに、聞いた？」

「いいえ」

コンラッドの口調が堅《かた》くなる。きっと少し口元を引き締《し》めて、僅かに目を細めているだろう。

傷のある眉《まゆ》を顰《ひそ》めて、兄に似た皺《しわ》を作っているかもしれない。

「俺はもう、あの男の言葉は聞きません。あれは毒です、どんなに耳に心地《ここち》よくても」

おれもそう思うよ。

「……おれもそう思う。でもさっき言ってたのは事実だ。本当のことなんだ」

逡巡《しゅんじゅん》し、自分にはとても言えないと何度も言葉を切る。でもおれ以外に誰《だれ》が告げるのかと考えたら、たとえ嫌《きら》われても恨《うら》まれても言うしかない。血を吐《は》く思いだった。

顔が上げられなかった。

「ヨザックを、失った」

「そうでしたか」

悪い報《しら》せに動じることもなく、コンラッドは短く答える。動揺《どうよう》したのはおれのほうだ。

「有事の際です、仕方がない」

「仕方がないって、それだけかよ!? おれのせいなんだぞ!? おれがあのとき……」

「あなたのせいではありません」

「違う、おれのせいなんだよ！ サラレギーを追って地下になんか入らなければ……ああ、違う……もっと速く走れていれば……きっと……」

「陛下、陛下！」

肩《かた》を掴《つか》まれる。掌はそのまま、宥《なだ》めるようにおれの二の腕を撫《な》でた。

「考えなくてもいいんです。その先は考えなくてもいい」

「考えるよ……あの時ああしておけばよかったって……そうしたらヨザックは、い……」

「陛下」

「生き、てっ、まだ隣《となり》にいて……っ、いつもみたいにおれを、からかってた」

膝《ひざ》に熱が広がったと思ったら、自分の落とした涙《なみだ》だった。恥《は》ずかしいとか男らしくないとか、そんな簡単な見栄《みえ》では止められない。堪《こら》えられなかった。

水なんか飲むんじゃなかった、後悔《こうかい》したところで間に合わない。渇《かわ》き切ったままだったら、涙だって浮《う》かばなかったのに。喉《のど》につかえた感情の塊《かたまり》を無理やり呑《の》み込む。

「ごめん、本当に済まない。あんたの親友を、大切な仲間を……おれが」

「俺が今何を言っても、恐《おそ》らく陛下は受け入れようとしないでしょう。どう言ったところで、ご自分のせいだと責める。もう少し落ち着いてから、ゆっくり話したほうがいい」

コンラッドは元どおりの柔《やわ》らかい口調に戻《もど》っていた。おれは抱《かか》えた膝に額を押し付け、背中を丸める。

「だって本当におれのせいだ！　目の前で仲間が死んだんだぞ!?　おれがどんなに悔《くや》しいか、あんたに判《わか》るか」

「判らないとお思いですか」

彼の乾《かわ》いた指が、首の後ろの、髪《かみ》と襟《えり》の間を撫でている。

「俺が何人殺したと思っていますか。俺が、グウェンダルが、ヨザックだってそうです。何人殺したと、死なせたと思いますか……数え切れない」

子供に昔話でも語るように、彼は遠い声で言った。怒《いか》りも絶望も、激しい感情の全《すべ》てを排除《はいじょ》した話し方だ。

「とても数え切れません」

「でもそれは、敵だったんだろ？　戦争……だったんだから」

「敵だけじゃありません。味方だって、自分よりずっと若い、まだ少年のような新兵もたくさんいました。皆《みな》、死んだ。俺のせいです」

「あんたのせいって……」

「俺の命令で戦い、進軍し、敗れて、ある時は勝って命を落とした。兵士の死は指揮者の責任です。無能な指揮官にかかれば、若い兵達は戦果も上げずに全滅《ぜんめつ》する。戦《いくさ》の勝敗は、軍を統括《とうかつ》する司令官、延《ひ》いては民《たみ》の長《おさ》たる王の責任です。俺達は何人死なせたか判らない。失わなくていい生命をどれだけ無駄《むだ》にしたか、今となっては判りません。確かに俺のせいです。知っていて行かせた。生き延びられまいと知りつつ進みました。死ねと命じた分、あなたよりずっと罪が重い」

戦って死ねと言いました、とコンラッドは呟《つぶや》いた。

「だから生きて戻った者は少なかった」

親指が頸動脈《けいどうみゃく》に重なっている。でもサラレギーが触れたときとは明らかに違う。恐怖《きょうふ》よりも安堵《あんど》を感じた。話している相手は敵ではないと、見えなくてもきちんと教えてくれる。

「ギーゼラがよく言うんです……もっと助けられたんじゃないかと。もっと迅速《じんそく》に、的確な治《ち》療《りょう》をすれば、あと十人、いやあと一人でも多く救えたのではないかと悔しがるんです。けれど俺は彼女が羨《うらや》ましい」

「どうして」

「俺は誰《だれ》一人救わなかった」

「コンラッド、そんな」

彼はおれの頭を抱え込み、首と顎《あご》の境目辺りに額を押し付けた。

血の流れを感じる。

「生きて還《かえ》って……今はそれを恥ずべきことだなどとは思いませんが……生きて還ったからには、死んだ兵士の親や家族に報告しなければならない。そのときに、どう言えばいいのか悩《なや》みました……本当に……どう告げれば良かったんだ……。こう言えますか？　あなたの夫は、あるいはご子息は勇敢《ゆうかん》に戦いましたが、私のせいで死にましたと。そう言えますか？　陛下ならどう仰《おっしゃ》いますか」

「役目を果たし……」

短く息を吸った。

「役目を果たし……生命を、落としたと……」

「それで充分《じゅうぶん》です。報せてくださってありがとう、感謝します」

「でもそんなのっ」

顔を上げると、地面に置かれた灯《あか》りがぼんやりと揺《ゆ》れていた。温かな橙《だいだい》の塊は花にも見える。

「だめだよ、そんなに簡単に終われない！」

「終わらせなくてはなりません、陛下」

これ以上は王が苛《いら》うことではないと、まるで彼の兄のような調子でコンラッドは言う。

「兵士を死なせるのは上に立つ者だが、誰のために生命をかけるかを決めるのは兵士だ。自らです。そうでなくてはならない」

それは愛する家族のためであったり、故郷の美しい村のためであったりする。時にはもっと形無いもの、自らの名誉《めいよ》のために命をかける者もいる。

「グリエは誰のために自分を使うのかを決めたんです。彼の決断を認めてやってください」

「でも」

「お願いですから言うとおりにしてください。一人の兵士のために王がいつまでも悔《く》やんでいては、民に示しがつきません。もっともご自分の胸の内でなら、いくら嘆《なげ》いても結構ですが」

「それは……王様だから、独りで耐《た》えなきゃいけないってことか……？」

「ユーリ、そうは言ってない」

コンラッドはおれの手首を摑み、吊《つ》り上げるように立たせた。

「俺の胸でなら、いくら泣いてもかまわないと」

言われた言葉そのままに従うのは悔しかった。だからおれは思い切り泣いてやった。

太陽の匂《にお》いのする彼の背中で。

6

最後の秘密を知られたのは、地上に繋《つな》がる穴の真下に来た時だった。

それまではどうにか気付かれずに済んでいたのだ。通路を進む間はコンラッドの服を摑んでいればいいし、何度も躓《つまず》いたところで、五日間の絶食で足取りも覚束《おぼつか》ないと言えばよかった。同情されて、抱《だ》いて運ぶと言われるのには閉口したが、それだってこれ以上筋肉落としたくないと言い張れば、コンラッドも渋々《しぶしぶ》折れてくれた。

旅が終わるまで隠《かく》しおおせるとは思っていなかったものの、予想外に早かったのは事実だ。おれとしては馬に乗る瞬間《しゅんかん》、鐙《あぶみ》を踏《ふ》み損《そこ》ねて砂地に転倒《てんとう》！　という、大爆笑《だいばくしょう》な光景を予測していたのだ。

まだ昼を過ぎたばかりの日差しは明るく、穴の底までを煌々《こうこう》と照らしていた。あまりの眩《まぶ》しさに、影《かげ》など何も見えない。ただ真っ白だ。

遥《はる》か上からは、ヘイゼル・グレイブスの威勢《いせい》の良い声が聞こえる。

「用件はもう済ませたのかい？　だったらとっとと一人で上がっておいで。あたしの生《お》い立ちが全編語れるくらい早かったじゃないか！」

「今度聞かせてくれ！」

やっと出せるようになった大声で答える。この光の洪水《こうずい》のどこかに、地上から垂らされたロープがあるはずなのだが、こう目映《まばゆ》いばかりだと探しようがない。まるで白い闇《やみ》だ。

「よーし登るぞー、よしよし登るぞー……うーん、自力で登れるかな」

「そんな無理はさせませんよ。俺に掴《つか》まって。ロープで固定するから。ユーリ、手を……」

そこでやってしまった。

久々の陽光が眩しくて、影を確認《かくにん》できなかったのもある。更《さら》に日差しが温かくて、体温や気配で立っている位置を把握《はあく》できなかったのもある。その上、ドーム状になった場所なので音が反響《はんきょう》して、声で相手の居場所を掴めなかったのもある。

あらゆる要素がおれに不利に働いて、まったく別の方向に手を伸《の》ばしてしまったのだ。

「こっちです、陛下」

「あ、そっちね」

二回目も失敗した。

「待ってください、まさか……」

もうこれ以上は隠せないだろう。おれは観念し、左手で両目を覆《おお》った。痛い程《ほど》の白から解放されて、視界にやっと柔《やわ》らかい影が下りる。

「見えてない。もう二日以上経《た》ってる、と思う。正確にけいつからか判らないんだ」

「見えていない？」

「そうなんだ、こう、光の色がぼんやりとしか」

「……暗いからじゃ……なかったんですか？」

「おれもそう思いたかったんだけど」

触《さわ》れば症状《しょうじょう》が診断《しんだん》できるとでもいうのか、コンラッドはおれの頬《ほお》を両手で包み、親指で目の近くを撫《な》でた。おれが目を瞑《つぶ》ると、柔らかい瞼《まぶた》の上からそっと瞳《ひとみ》を圧した。

「暗闇の中にずっといたせいで、光に瞳が慣れないのだと思ってました……本当に？」

「残念ながら本当だ。松明《たいまつ》があっても、天井《てんじょう》の穴から光が差し込んでてもあまり見えない。光と影で判断してるんだ。でもかなり慣れた。太陽の見つけ方を教えてくれた人がいたからね」

最後の部分を聞いていなかったのか、それには言及《げんきゅう》せず、コンラッドは我が身に降り掛《か》かった災難みたいに嘆いた。彼がこんな風に狼狽《うろた》えるのは珍《めずら》しい。

「なんてことだ！　どうして早く言ってくれないんですか」

「優先順位だよ」

「順位だなんて、悠長《ゆうちょう》な」

でも本当だ。人間には、口にしてみて初めて確認できる感情がある。この場合もそうだった。コンラッドに告げたことで改めて、自分の中の想《おも》いに気付いた。

こんなの大したことじゃないといえば、嘘《うそ》か強がりになる。けれど「痛さを数値にすると十段階でどれくらい？」と同じように考えれば、おれの視力の問題は十段階で六か七。他《ほか》の二つの懸案事項《けんあんじこう》に比べたら、少し低い。

だからこそ隠そうとしたのだ。

「重要性で言ったら三番目だったんだ。サラレギーの件は箱に関《かか》わってくるから、とにかく用心しなきゃならないし、ヨザックのことも……大切だけど、辛《つら》くてつい後にしちゃって。でもおれの目が見えなくなったのは、おれだけの問題だ。そのせいで世界が危機に瀕《ひん》したり、誰《だれ》かが命を落とすような悲惨《ひさん》なことにはならないよ。だから気付かれるまでばらさなくてもいいやと思ったんだけど、やっぱ無理だったか」

自分の口元に照れ笑いが浮《う》かぶのを抑《おさ》えられない。

「余計な心配させたくなかったんだけどなあ」

「……それが俺の仕事だと言ったのに」

話しているうちに、光の中に立つのに慣れてきた。

眩しすぎた白はほんの少量の黄を落としたミルク色に変化する。

「そんなに悲しい顔しないでくれよ。あんたがどんな顔してるか、見えなくても判る。誰のせいでもないし、これこそおれ自身の問題なんだから」

天を仰《あお》げば、夢の中で教えてもらった空が見える。

向き合えば、相手がそこに居るのが判る。

「それによく考えたらこれって、完全に見えないわけじゃないんだよな。地下にいるときはおれも動揺《どうよう》してたし、暗くて何も見えなかったからパニックになってたけど、光と影はぼんやり区別できるんだから……急に凄《すご》く視力が悪くなったって言うべき？」

「光と影……どういう具合に見えるんですか」

「うん、たとえば空はギリギリ白に近い水色に見えるな。その中に一番真っ白な円があったらそれが太陽だ。コンラッドの姿は」

髪《かみ》に手を伸ばした。茶色とまでは区別できないけれど。

「日が翳《かげ》るから、少しだけ薄《うす》い灰色になる。海辺の砂に足で描《か》いたような、適当な人型だ。気を悪くしたらごめんな？」

思わず自分で噴《ふ》きだしてしまい、慌《あわ》てて謝罪した。足で描いたと言われて嬉《うれ》しい者はいなかろう。

「人に見えるだけましです」

「安心しろ、猫《ねこ》耳とかはついてないよ。あっちの通路にいた時は、光も影もないから全く見えなかった。でも今は違《ちが》う。目の前に何かがあれば判るし、そこにコンラッドがいるって判るんだ。ほんとに太陽って偉大《いだい》だなあ！」

両手を天に向かって突《つ》き上げた。全身で日の光を浴びる。身に纏《まと》わりついた五日間の煤《すす》を振《ふ》り払《はら》うように。

「お日様のお陰《かげ》で、ミルクの中に居るみたいだ。真っ暗闇が白い闇に変わった」

「白い闇……」

不親切な表現だったのか、コンラッドはしばらく黙《だま》り込んだ。それから控《ひか》えめに訊《き》いてくる。

「しかし何故《なぜ》そんな状態に。眼球か視神経を傷付けたりは？　例えば目に虫が入ったとか、土か石が当たったとか」

「うーん。それが、思い当たる節がないんだ。けど寝穢《いぎたな》いおれのことだから、眠《ねむ》ってる間に転がって頭でも打ったのかも……同じだけの衝撃《しょうげき》を与《あた》えれば戻《もと》るとか」

「それは記憶喪失《きおくそうしつ》でしょう」

「それか人格交代ね。それもまた別か」

薄灰色の人型が僅《わず》かに上下した。彼は肩《かた》を竦《すく》め、深刻ではない溜息《ためいき》を漏《も》らした。

「大丈夫《だいじょうぶ》、大丈夫です。俺があなたの……」

「ストップ」

おっと。言い終わらせずにおれは彼の顔の辺りに掌《てのひら》を当てる。例によって全身が痒《かゆ》くなりそうな格好いい台詞《せりふ》を、爽《さわ》やかに言おうとしていたのだろうか。

「それは無しだ、コンラッド。あんたの目はあんたのものだし、おれの目はこの二つ……今のところ。ちゃんとついてるだろ？」

「ええ。俺の好きな黒です」

「そう、それで充分《じゅうぶん》。ところで上の連中随分《ずいぶん》待たせてるよな。ヘイゼル相当お冠《かんむり》なんじゃないの？」

タイミングよく穴から誰かが顔を覗《のぞ》かせた。光源に近い分、影《かげ》の色が濃《こ》い。

「早く、登る、一人？」

「あれ」

記憶にある声が、繰《く》り返す。

「一人、一人で？」

「この声はアチラさんだよな。通訳連れてきてくれたのか？　そりゃ助かる、ジェイソンとフレディ救出に行くのに、意思の疎《そ》通《つう》が可能な人数は多いほどいいもんな……コンラッド？」

隣《となり》の空気が変わった気がして、おれは思わず小声になった。

「どうかしたのか？」

「しっ、陛下、ちょっと戻って。どうも妙《みょう》だ、何故アチラが声を掛ける必要があるんだ……しかも一人で登ってこいと言いましたね」

コンラッドはおれを再び陰に引っ張り込み、上から見えないようにしゃがませた。そういえば先程ヘイゼルも言っていた気がする。

『とっとと一人で上がっておいで』

「ヘイゼルもアチラも、俺達が二人なのを知っているはずです。敢《あ》えて一人と強調したのには何らかの意味があるはず」

「サラレギーがまた、なんかやらかしたとか」

「それは無理でしょう、厳重に縛《しば》っておきましたから」

「でも小シマロン王捜索《そうさく》隊という名の援軍《えんぐん》が彼を発見したら……」

「そう簡単には見付かりませんよ」

そのしれっとした言い方だけで、おれは悟《さと》ってしまった。詰《つ》めたんだ……サラを袋《ふくろ》に詰めたんだねコンラッド。しかし「暗黒サラレギーと愉快《ゆかい》な地下道探検ツアー」を満喫《まんきつ》した後では、とても彼の肩を持つ気にはなれない。しばらく詰まっているがいい。

「どうも変だ、先に行って様子をみます。陛下はここでじっとしていてください。いいですね、絶対に上から見える位置には来ないで」

一拍《いっぱく》考えてから、彼は付け足した。

「もちろん勝手に登って来ようなんて恐《おそ》ろしい考えは起こさないでください。視力が回復するまでは無茶はしないと約束して。ベランダやキッチンも出入り禁止」

「了解《りょうかい》……って、段々母親みたいになってきたぞ」

色素の薄いサーモグラフィーみたいな視力のおれが、異変の起きつつあるパーティーのただ中に飛び込んだところで、役に立つどころか足を引っ張るのが落ちだ。大人しく待っていよう。ここにしゃがんで、見付からないように身を屈《かが》めて待っていよう。

しかしおれが陰からそっと見守る地上では、荒《あら》っぽい怒声《どせい》やどう聞いても威嚇《いかく》でしかない決まり文句が飛び交《か》っている。こういった言葉は万国共通、雰囲気《ふんいき》だけで理解できるものなのだ。

後で聞いた話では、その時の地上の様子はこうだ。

コンラッドがロープをよじ登り穴から顔を覗かせると、そこにはホールドアップ状態のヘイゼルたちと口を閉じた袋、更《さら》にその外周三六〇度を取り囲むようにして、馬に跨《また》り、飛び道具を構えた男達がいたらしい。

襲撃者《しゅうげき》は王族の墳墓《ふんぼ》付近で覇権《はけん》を争い、抗争《こうそう》を続けている騎馬《きば》民族だった。砂漠《さばく》の砂に紛《まぎ》れる黄灰色のマントと、表情も読めないほど目深《まぶか》に被《かぶ》った同色のフード。ボウガンに似た仕組みの飛び道具を顎《あご》の高さで構え、十人がヘイゼルたちに、残る十人がコンラッドに狙《ねら》いを定めていたとか。

コンラッドは穴に隠《かく》れるプレーリードッグよろしく、すぐに頭を引っ込めようとしたのだが、ヘイゼルとアチラに向けられたボウガン擬《もど》きが発射寸前だったので、咄嗟《とっさ》に作戦Bに変更《へんこう》したという。

作戦B、兎《うさぎ》と見せかけて噛《か》め。つまり、従う振りをしてチャンスを窺《うかが》う。

彼は無抵抗《ていこう》の意思を示して穴から出て、捕虜《ほりょ》の群れに加わった。

そんなこととは露《つゆ》ほども知らないおれは、登ってきても大丈夫と声を掛《か》けられるのを良い子で待っていた。ところが待てど暮らせど返事がないどころか、地上では物騒《ぶっそう》な響《ひび》きの言葉の応《おう》酬《しゅう》が始まっている。

いくつかの聖砂国語の後に、コンラッドの声が答えた。

「それは俺のだ！」

アチラさんがすかさず通訳すると、また聖砂国語で訊かれる。今度は落ち着いた声で彼が答える。

「俺一人だ」

この会話だけではコンラッドが何を問い質《ただ》されていたのかは断言できない。質問が「この帽《ぼう》子《し》ドイツんだ？」「あなたは結婚《けっこん》していますか？」だった可能性もある。だがしかし聖砂国語を使っている者の語調から推察するに、そうフレンドリーな内容ではなさそうだ。

連中は地下にも仲間がいるのではないかと疑っているのだ。

お疑いの気持ちもごもっともですが、下には戦力にもならないような、しがない男子高校生一人しかいません。

どうしよう。頭上の遣《や》り取りを半分だけ聴《き》きながら、おれは迷った。

男らしく姿を現すべきか、それともコンラッドに言われたとおりに、このまま陰でじっとしているか。おれが地上に行ったところで、事態が改善されるとはまったく思えない。しかし出て行かないことで仲間が責められ、最悪の結果になってしまったらどうする？

そんなことを悶々《もんもん》と考えているうちに、現場の状況《じょうきょう》は激しく変わってしまった。

音だけで推測すると、馬と人、どちらの数も急に増えたようだ。襲撃者の同胞《どうほう》なのか、砂漠で草の根活動を続けるヘイゼルの仲間なのか、それとも第三の勢力が乱入し、よりいっそう混乱してきているのか。

悲鳴と怒声が交互《こうご》に起こり、やがて混じり合う。何かが空気を切る鋭《するど》い音、重い武器のぶつかり合う金属音、砂を踏《ふ》み締《し》める蹄《ひづめ》の音。馬の嘶《いなな》き。間違《まちが》いない、先程《さきほど》までの雰囲気が悠長《ゆうちょう》に思えてしまうほど、上は苛烈《かれつ》な戦場へと姿を変えている。

鈍《にぶ》い音と共に、目の前の地面に何かが降ってきた。聞いた限りでは重く柔《やわ》らかそうだが、精神衛生のために、確認《かくにん》するのはやめておいた。

けれどそいつが降ってきてくれたお陰でロープが揺《ゆ》れ、地上に向かうには通らなければならない道が確認できた。その揺れるロープを伝って、人が降りてくる。

「コ……」

おれは口を押さえ、陽光の届かない場所へと一歩後退《あとずさ》った。

宙にぶら下がっている影は歪《ゆが》んだ三角形で、片手から細長い影が伸《の》びていた。恐らく抜き身《ぬきみ》の剣《けん》だろう。風が吹《ふ》きつけると裾《すそ》が靡《なび》く。あれは多分、全身を覆《おお》うマントだ。

違う、コンラッドではない。彼はそんな服を着ていなかった。

隠れるべきだ。脳の命令に直ぐさま従ったつもりだったのだが、一瞬遅《いっしゅんおそ》かった。降りてきた男に見咎《とが》められたらしい。足音は小石を踏んでこちらに近付いてくる。

視界が真っ暗になる、つまり地上の灯《あか》りの薄くなる闇《やみ》まで逃《に》げて、おれは岩壁《いわかべ》にもたれ掛かった。両腕《りょううで》で自分の身体《からだ》を抱《だ》き締めながら祈《いの》った。

諦《あきら》めてくれ！　探そうとせず、ここから出て行ってくれ！　呼吸が浅く早くなり、背筋を冷たい汗《あせ》が伝う。鼓動《こどう》が早鐘《はやがね》のようだった。

おれには武器もないし、視力も回復していない。こんな状態で敵に襲《おそ》われたらろくに抵抗もできないだろう。もちろん普段《ふだん》だって兵士には敵《かな》わない。逃げ足が速いかそうでないかの違いだけだ。

だがおれの祈りも虚《むな》しく、降りてきた男は闇の中まで踏み込んできた。最後の陽光が右手に下げた武器を煌《きら》めかせた。

小さな星が一瞬だけ浮《う》かんで消える。

相手は、息を潜《ひそ》めるおれとの距離《きょり》を徐々《じょじょ》に詰めてきた。近くで呼吸の音が聞こえる。あと五歩、四歩、三……。

「……っ！」

残りの二歩を踏み越《こ》えて、敵はいきなり斬《き》り掛かってきた。一か八かで右に倒《たお》した身体が、乾《かわ》いて冷たい地面に転がる。おれの体温の残る岩壁に、重そうな武器がぶつかって火花を散らした。

冗談《じょうだん》じゃない、殺す気か。おれを殺す気なのか⁉　戦士でも武人でもない高校生を？　一介《いっかい》の兵士が、おれを傷付けようと……。

またあの感じだ。おれの喉《のど》、おれの口が、同時に他人の肉体でもあるようなもどかしさ。

「……兵士風情《ふぜい》が、我が身に傷を負わせようと……？」

二度目の攻撃《こうげき》は空を切った。おれは身体を捻《ひね》り、剣の起こす風までも避《よ》けながら、半歩で襲撃者の背後に回った。肘《ひじ》での一撃を背骨に食《く》らわせる。半歩から一歩の近さにいれば、見えても見えなくても攻撃はできる。真芯に当たるかどうかの差だけだ。

条件は同じ、向こうだってろくに見えていない。だが敵は剣を使い慣れた兵士だ、熟練者なら暗闇でも相手の気配だけで戦えるだろう。但《ただ》し、向こうには一つだけ弱点がある。

敵は壁《かべ》の位置を知らない。

こちらは自分の手足しか振《ふ》り回せる得物がないが、相手には立派な剣があった。刃《は》は肉に当たれば突《つ》き刺し、切り裂《さ》くが、岩に当たれば衝撃《しょうげき》を伝え、持ち主にダメージを与《あた》える。時には折れて転がり、役に立たなくなる。拾われて、敵方に寝返《ねがえ》ることもある。

相手が下から掬《すく》い上げた刃は、おれの右脇《わき》を掠《かす》めて岩に当たった。鋼《はがね》とは思えぬ高い音を発して折れて、二つに分かれた。一つは柄《つか》ごと敵の手の中、そしてもう一方、鋭い刃先は高速で回転し、おれの爪先《つまさき》にぶつかって止まる。

どうして身体が、まったく学んだこともないような動きを自然に繰《く》り出せるのか、何故咄嗟にそんな反撃法が思い浮かぶのか、おれ自身も不思議でならなかった。けれど脳で考えるよりも早く、おれの右足は折れた刃の端《はし》を踏み、軽く浮かせて靴《くつ》先で蹴上《けあ》げた。

冷たい金属が手に届く。

自分の掌《てのひら》まで気にしている余裕《よゆう》はなかった。敵も同様だ。先の無い、折れたままの武器で斬り掛かってくる。おれも剝《む》き出しの刃を左手で握《にぎ》り、素早《すばや》く横に払《はら》った。

元は一振《ひとふ》りの剣だった金属が、二人の男を同時に傷付ける。

右肩《みぎかた》に熱い刺激《しげき》が走ったが、左手には確かな手応《てごた》えがあった。

相手の身体がぐらりと傾《かたむ》く。鉄錆《さび》の匂《にお》いを含《ふく》んだ空気が、おれの方へと押し寄せてきた。

けれどその中に、確かに覚えのある香《かお》りを見付けておれは困惑《こんわく》した。血だけではない。

「ヴォルフ……？」

「……ユ……」

腕の中に倒れ込んできた身体が、ゆっくりと曲がった。

「ヴォルフラム⁉」

「……ユーリ」

袖口《そでぐち》と掌が、生温かいものでべっとりと濡《ぬ》れる。

ヴォルフラムの重さがおれの肩にずしりと掛かってきた。彼を抱いたまま、情けなく地面に膝《ひざ》をついた。

「見えなかったんだ、本当に、知らなかったんだ！」

「ぼくもだ。違う声が、聞こえ……お前の、せいじゃ……ない」

「ヴォルフ！」

誰《だれ》も彼も、おれのせいじゃないと言う。
でも本当は、すべておれの責任。

村田スペシャル開催宣言

「さて村田です」

「あれーっ⁉」

「なんだい渋谷くん、すっとんきょんな声をあげて」

「どうしちゃったの村田、その九時のニュースみたいな挨拶《あいさつ》は何⁉　どっか痛い？　病院行く？　それにすっとんきょんって何だよすっとんきょんって。それを言うなら素《す》っ頓狂《とんきょう》だろ」

「いや、須藤恭子《すどうきょうこ》ちゃんの略」

「……須藤恭子って、誰《だれ》」

「それよりもだねえ渋谷。僕は今、非常に大変な状態なんだよ」

「え、地球でもそんなに大変なことが起こってんのか……何だろう、今更《いまさら》感をまったく読まずにノストラダムス大復活とかかな」

「眼鏡《めがね》にヒビが入りました」

「……替《か》えればいいんじゃないスか？」

「またそう簡単に言うし。あのねー渋谷、何度も言ってるだろう？　眼鏡っこにとっては眼鏡は顔の一部なの。そして雛人形《ひなにんぎょう》は顔が命、五月人形は顔か猪木《いのき》なの。そう度々《たびたび》替えるもんじゃないんだよ。シリーズごとにヒロインを替える男みたいな言い方しないでくれる？」

「水戸黄門《みと》のことか！　それはともかく、分かりやすい嘘《うそ》つくなよ村田。お前、中学の時は違《ちが》う眼鏡だったじゃん。もっとこう、フレームが目立つやつな」

「渋谷……」

「な、なんだよそのペリカンの求愛ダンスを見ちゃったような目付きは」

「意外と僕のことしっかり観察しててくれたんだね」

「は？」

「僕はまた、きみの服や持ち物が八割の確率で青系なのも、でも食べ物は色にこだわらないのも、見た目に反して細かくゴミを分別してるのも、美術は苦手だけど教科書の落書きは名人級なのも知ってるのは僕だけ、興味持ってるのは僕だけだと思ってたよ」

「……村田、まさか日記とかつけて……。い、いやーそんなことないぞ？　おれだってちゃんと見てるからな。村田は百円よりも高いアイスを差し入れしてくれる率が高い、いいやつーー！とか、釣《つ》りもしないのにでっかいクーラーボックス持ってる、いいやつーー！　とか、おれの好きなスポーツドリンクの銘柄《めいがら》を覚えてくれてる、いいやつーー！　とか、誘《さそ》えばいつでも野球についてくる、いいやつーー！　とか色々と知ってるぞ？」

「何かが違う気がするけれども、まあいいか。とにかく、眼鏡にヒビは入るし、眉毛《まゆげ》は焦《こ》げるし、街はドーナツばっかだし、きみが帰ってこないお陰《かげ》で散々な目に遭《あ》ってるんだよ。これはもうアクシデントの宝石箱やー！　ってくらい、トラブルだらけアクシデント続き。というわけでこの度、あまりの災難に耐《た》えかねた僕は、上から下まで、頭からケツ……失礼、尻《しり》まで、どこを切っても村田健、どっからどう見ても村田健、たとえ白っぽいものが出てもその裏に脈々と流れる熱き血潮の村田健、ムラケンによろしく、ムラタケンタービレ、村田健と11人の仲間、ブロークバック村田健、などなど村田スペシャルを開催《かいさい》することにしました。キーワードは、ムラケンが鳴ったら外に出てはならないけど世紀末救世主伝説どんとこい村田健」

「途中《とちゅう》から阿部《あべ》ひ……いやいや！　でも村田スペシャルって、なにそれ、新しいピザ？」

「わあ渋谷、おもしろーい。ピザじゃないよ、どっちかっていうとチョコレートかな」

「チョコレートかあ。いいなあ、甘いもの……ていうかさあ、おれだって大変なんですけど」

「きみの場合は自業自得《じごうじとく》」

「ちぇ。でも何事も面白《おもしろ》がっちゃう性格のお前が、そんなに熱くなるの珍《めずら》しくねえ？」

「そう？　そうかもねー、僕も今回は少々ペース崩《くず》され気味なんだ。あまり知られてないけど僕は孤高《ここう》の国民的ヒーローだからさ、単独行動が多かったわけ。なのに今回は終始パートナーがいるんだよ。孤独じゃないのはいいけど、ちょっと調子狂《くる》うよね。隣《となり》に親切で気が利《き》いて、子供っぽいとこもあるけど一応は大人な連れがいると、つい甘えちゃうし……渋谷？　なにガックリきてるんだい？」

「……村田……おれのいない間に……彼女ができたんだな……」

あとがき

不肖《ふしょう》喬林です。申し訳ありません。

やっ、ちゃっ、たー……。何をやっちゃったかと申しますと、えーと、こう、なんていうか……風邪《かぜ》をこじらせました……よりによってこの時期に。市販《しはん》の総合感冒《かんぼう》薬飲んでおけば治るさーなんて甘く見ていたのが敗因でした。年明けからひいた風邪が全然治らないなあと思ってはいたのですが、締《し》め切《き》り間際になってついに気管支と内臓にまできてしまい、皆様《みなさま》にご迷惑《めいわく》をおかけしてしまいましたごめんなさいー。本編があんなところで切れているのも大問題ですが、なにせ鎮痛剤《ちんつうざい》でラリった頭で前回から続く鬱《うつ》展開を書いたものですから、読み直してみると「ああああああ」な部分が山盛りです。ああああああ次男が名付親というより息子《むすこ》ベッタリなママみたいになってるよ！　ああああ皿《サラ》様やりすぎだよ！　ああああああ文章が素《す》に戻《もど》ってるよ！　あああああギャグがないよ！　あああー……もう……。しかしとにかくこの「箱㋮」こと「箱は㋮のつく水の底！」を、問題山積みながらもどうにかGWにお届けできるのは、ひとえにお力添《ちからぞ》えくださった皆様のお陰《かげ》です。ありがとうテマリさん、ありがとう角川書店、そしてありがとうGEG！　水の底どころか一時は本当にどん底だったよ、ふぃー。どうにか家には帰れたものの、未《いま》だに鎮痛剤でらりらりー。そして本編の内容に関してですが……鬱。視力の回復していない人の一人称《いちにんしょう》は難しかった。騙《だま》しだまし書いてはみたものの、どんどん暗くなっていくばかり。ラストに至っちゃアレですよ。でも次回までの繋《つな》ぎ（というか自分への安定剤《ざい》）としてこれだけは断言しておきます。この巻では、主要キャラ誰《だれ》も死んでいませんから！　ここは本当に強調。そうそう、事前に外伝である「お嬢様」と「息子㋮」を読んでいただけますと、鬱展開が少しは和《やわ》らぐのではないかと思います。しかし鬱展開の割には、謎《なぞ》？は色々と明らかになっているような気がします。村田スペシャルのお陰で。本当に水の底だったんだ……。村田スペシャルといえば「㋮王陛下の花嫁は誰だ!?」は、相当昔、「今日㋮」のドラマCDが出た時に、初回限定版にのみ封入《ふうにゅう》されていた冊子に書いたものです。既《すで》に完売（通常版はまだ流通しています）している上に、当時は本当にごく僅《わず》かの方にしかお届けできなかったので、これを機に再録させていただきました。「今日㋮」か……何もかも皆懐《なつ》かしい……。六月には二月に開催された㋮王イベントのDVDが発売されるのですが、そのドラマ部分とちょっとリンクしているので、同時に楽しんでいただけたらと思います。

そういえば今現在書店にて発売されている真っ最中と思われる『月刊Ａｓｕｋａ』六月号に、㋮小冊子がついているそうですよ。私も超《ちょう》短い文章を書いていますが、それとこの「㋮王陛下の～」は○○○繋《つな》がり（片仮名三文字）です。是非《ぜひ》、手にとって確かめてみてください。テマリさんのマンガも絶好調です。えとそれから、告知するものが沢山《たくさん》あります。まずこのたび大々的に発表されている（はず）、文庫史上（多分）初!?の試み「なんかりろりろ余計なものがくっついた『㋮王』」（GEG談）の外伝、「今日から㋮王!? クマハチ☆すぺしゃる」です。……クマハチ☆すぺしゃるって何？　それも何ですけど、私、初めて文章中に☆とか書いた気がしますよ。いやそれ以前に喬林、そのタイトルは㋮ニメの……そう、インスパイアです。そして「りろりろ余計なもの」って何!? というのは、挟《はさ》み込みのチラシでご確認ください。うわー、これはかわいいやー……。ところで何故《なぜ》喬林が「りろりろ」書いているのかというと、鎮痛剤でラリ……お申し込みお待ちしています！（'06年7月13日〆切です）

そして皆様、もうご存じかもしれませんが、バンダイナムコゲームスからPS2版ゲームが発売されます。これがまた、凄《すご》いことになってますよ。どう凄いかといいますと、シナリオをざっと読ませていただきましたが、えーと、これ、こう……こうすると……？　血圧上昇。しかも㋮ニメでもドラマCDでもお目にかかれなかったサラレギーが、友情出演どころか普通《ふつう》に喋《しゃべ》ってます。とにかくゲーム本体は赤面、血圧上昇、転げ回り必至の旅ですし、プレミアムBOXに入っているドラマCDが、ディープな笑いに慣れた私でさえ飲んでたビールを吹《ふ》きだす程《ほど》の逸品《いっぴん》です。もちろん松本テマリさんと私、喬林も、最大級の協力をさせていただいております。どこにどう関《かか》わっているかはまだ内緒《ないしょ》ですが。特にテマリさんは、もう、テマリさんの神髄《しんずい》を見たよという凄さです。私は、今は……これが……精一杯《せいいっぱい》。頑張《がんば》っています。

そうそう、飛行機恐怖症を遂《つい》に克服《こくふく》し、二月に台湾《たいわん》へ行ってきました。台湾は色々な意味で熱かったです！　気候も暖かかったけど、読者の皆様も熱かった。意表をつく質問もいくつも出されて、内心ドキドキでした。ご一緒《いっしょ》した大森望《のぞみ》さんはすごく博識な方で、臨機応変に答えてらっしゃいました。感心というより羨《うらや》ましい……。駆《か》け足滞在《あしたいざい》でしたが、台湾の情熱と空気は充分《じゅうぶん》に堪能《たんのう》させていただきました。いずれどこかで詳《くわ》しいことを書きたいとは思っていますが、まずは当日集まってくださった皆様、現地でお世話になった皆様に改めて感謝の気持ちを伝えたいと思います。本当にありがとうございました。今度は野球のシーズンに遊びに行きたいです。入国審査《しんさ》で手間取った私にもう怖《こわ》いものはないぞ。

と、こう多方面の告知を並べてみましたが、肝心《かんじん》の本編が今回もあまり進まなかったです。負け犬。おかしいなあ、ＳＳ《ショートショート》や短編はほこっとネタが出てだだっと書けるのに、どうして本編になると頭を抱《かか》えてしまうのだろう。負け犬。しかしようやく次回で聖砂国編に決着がつく予定です。本当なら勝ち犬。次こそ鬱展開を吹き飛ばすアクション満載《まんさい》ギャグ増量（下ネタ控《ひか》えめ）で行きたいと思います。実行できたら土佐闘犬《とさとうけん》。だから、この「箱㋮」では主要キャラ誰も死んでないから、次巻にもちゃんと出てきますからご安心ください。文章の合間を可愛《かわい》いわんこで埋《う》めてみたところで、どうにもならないぞ喬林。それではまた次回「砂は㋮のつく路《みち》の先！（仮）」でお会いできたら嬉《うれ》しいです。

喬林　知

㋮王陛下の花嫁は誰だ!?

あっと思った時にはもう遅《おそ》かった。

血相変えて駆《か》け下りてきたサラリーマンにぶつかられて、おれと村田《むらた》は二人ともバランスを崩《くず》し、二十五段はある階段を転げ落ちていた。

おれの名前は渋谷有利《しぶやゆーり》、原宿《はらじゅく》で下車したことはない。

今日も県内最寄《もよ》り駅の改札前で友人と待ち合わせていた。

二月十三日、土曜日、午後五時十七分。

時間厳守のおれにしては珍《めずら》しく、もう二分も遅《おく》れていたから、昨夜の雪で滑《すべ》りやすくなっていた階段を一段抜《ぬ》かしながら上っていた。

中二、中三とクラスが一緒《いっしょ》だった村田健《けん》は、やけに可愛《かわい》いキャメルのダッフルコートと黒のマフラー姿だった。おれが改札前にいなかったからか、向こうも階段を下り始めている。

確か模試帰りだったはず。左肩《ひだりかた》にバッグを提《さ》げたまま、不安定に片手を振《ふ》る。

「ストップ村田、危ないから。お前メガネが曇《くも》ってっからさ」

「違《ちが》うよ渋谷、逆、逆。寒いとこから暖かいとこに入ると曇るの、あとラーメン食うときとか……」

そこまで言ったあたりで踊《おど》り場《ば》に辿《たど》り着いた。

おれは手摺《てす》りに摑《つか》まって身体《からだ》を曲げ、冷たい空気を懸命《けんめい》に吸い込んだ。

「や……悪い、遅れ……」

「別に遅れてないよ」

「でもほら、おれのほうから、本屋廻《めぐ》りに付き合わせるんだしさっ、そういうときは、十五分前に来て、お出迎《でむか》えだろっ」

「何いってんだか」

村田はレンズ越《ご》しに呆《あき》れた目をして、おれの背中を二回叩《たた》く。フライトジャケットが乾《かわ》いた音をたてた。

「野球に連れてくときはそんな奥ゆかしいこと、絶対に言いやしないくせに」

「野球は、お前も、楽しいだろ？」

でも友人の参考書選びに付き合わされるのは、そう楽しい時間でもないだろう。

おれたちはこの後、ちょっとどこかで身体を温めてから、駅近くの書店を完全制覇《せいは》する予定だった。

……中間考査での不甲斐《ふがい》ない成績のお陰《かげ》で。

不甲斐ない数字を残したのはもちろんおれだ。高校入学以降最悪の点数を弾《はじ》き出した結果、目前に迫《せま》った期末試験、しかもよりによって学年末考査の点数次第《しだい》では、高校一年生をもう一度体験する可能性もある。

はっきり言ってしまうと、りゅりゅりゅ、留年!?

ううう、口にするのも恐《おそ》ろしい。

けど、おれのほうにも言い分はある。この一年間は、学業に専念できる環境《かんきょう》ではなかった。信じられない方法で異世界に飛ばされたし、いきなり魔王《まおう》に就任したのだ。遠征《えんせい》した先では紛《ふん》争《そう》や武闘会《ぶとうかい》があり、心の準備もないままに、大国の支配者と渡《わた》り合ったりもした。野球のことしか頭になかった高校生が、いきなり外交問題の矢面《やおもて》に立たされたのだ。しかも国の内外には問題が山積みで、戦争に向けて突《つ》っ走ってる人々を、選挙権もない未成年が説得しなければならなかった。

とにかく、弱冠《じゃっかん》十六歳の野球小僧《こぞう》が、こんな過酷《かこく》な一年間を送ってきたのだ。勉強なんかしている暇《ひま》はない。

『まあ僕は事情を知ってるから、そりゃそーかもねと納得《なっとく》するけど』

留年の危機を告白すると、電話口で村田はそう言った。重要人物として渦中《かちゅう》にいたにも拘《かか》わらず、彼の成績は安定していたけれど。

『でも親にはまだ話してないんだろ？』

「何て？　お父さんお母さん今までありがとうございました、おれは立派な王様になりましたって？　言えるわけねーじゃん⁉」

『それじゃ同情は引けないね』

「ひけないー。ていうか問題は親より兄貴なんだよー」

渋谷家の教育方針なのか、学校の成績に関して両親はさほどうるさくなかった。ところが兄ときたら親とは正反対で、小学生の頃《ころ》から今日に至るまで、弟の成績に口を挟《はさ》んできた。

母親よりも先にテストや成績表をチェックしては、前回より何点下がっただの、学年平均にも達していないだのと文句をつける。挙げ句の果てには「俺の劣化《れっか》クローン」などと科学倫理《りんり》に反することまで言って、弟であるおれの学力不足を非難し続けている。

この上留年などしようものなら、あいつにどんな目に遭《あ》わされるか判《わか》ったものではない。

「……絶対おれ、兄貴にコロサレル」

『そんな馬鹿《ばか》な』

「でなかったら渋谷家の恥《はじ》、汚点《おてん》って罵《ののし》られて、社会的に存在を抹殺《まっさつ》される。自分の出世の妨《さまた》げになるからって、どっかに島流しにされるかもしんない」

『島流しー？』

「島流しにされた先で和歌とか詠《よ》んで、死んでから歌集が話題になっちゃうかもしんない」

『いいじゃん別に』

「よくねーよっ！　そうなったら孤島《ことう》に閉じ込められて、二度と球場に行けなくなっちゃうんだぞ⁉　伊東《いとう》長期政権の行く末を見守ることも、球界完全制覇の胴上《どうあ》げで号泣《ごうきゅう》することもできないんだぞ⁉　それどころか下位でもいいからドラフトで指名されて……よそう……これは留年しなくても叶《かな》わない夢だった……とにかく、留年するなんて兄貴に知られたら、お前にももう二度と会えなくなっちゃうし」

『僕は最後かよ。まあいいや、それでどの辺から復習し直すの？　数Iが難しくなるのは二学期の半ばくらいかな』

「……春先からお願いします」

電話の向こうで数秒間黙《だま》ってから、村田は『気付くの遅すぎるよー！』と叫《さけ》んだ。

こうしておれは、親兄弟より先に友人の同情を買い、九回裏ツーアウトで逆転ヒットをかっ飛ばすために、手助けをしてもらえることになった。

この際もう逆転ホームランなんて言わない。ヒットでいい、ていうかむしろバントヒットか敵のエラーでもいい。とにかく留年だけを避《さ》けられれば、贅沢《ぜいたく》なことは申しませんとも。

土曜は塾《じゅく》内模試だという村田に頼《たの》み込み、待ち合わせ時間を五時十五分にした。大きい書店は駅周辺に固まっているから、改札で落ち合うのが一番効率的だと思ったのだ。

そう、おれたちは改札で会うべきだった。

階段ではなく。

「なんか食ってからにする？　一日頭脳労働してお疲《つか》れだろ」

「んー別に。それより今夜、三ヵ月ぶりに父親が香港《ホンコン》から帰国するんでさ……」

そこまで言った次の瞬間《しゅんかん》に、おれと村田は駆け下りてきた男にタックルされていた。

スーツの上によくあるベージュのコートを着て、前ボタンを開きっぱなしにした男だ。合成皮革の鞄《かばん》を脇《わき》に挟み、ずれかけた眼鏡《めがね》を片手で押さえている。よほど急ぐ用でもあったのか、走りながら手首の時間を確かめた。そのせいで正面にいた高校生二人に気付かなかったのだろう、スピードを緩《ゆる》めることもなく激突《げきとつ》したのだ。

あっと思ったときにはもう遅《おそ》かった。

おれの靴底《くつぞこ》は踊り場の滑《すべ》り止めを越《こ》えて、両方とも宙に浮《う》いていた。衝撃《しょうげき》と一緒に村田の体重がかかって、銀色の手摺りから腕《うで》が離《はな》れた。摑み直そうと三本の指が焦《あせ》る。

「……おっ……」

落ちる、と叫ぼうとしたが、息が詰《つ》まって声が出なかった。

背中から激痛が襲《おそ》ってくる。続いて痛みは肩《かた》に、二の腕に、腰《こし》に回った。少し間を置いて脛《すね》にきた。全身のあらゆるところを打ちながら、おれと村田はもつれ合って階段を転がり落ちた。


……え……ねえ……ねえ……。

靄《もや》のかかった意識の中で、おれはぼんやりと考えていた。

これはあれだ、母親が大好きだった「ねえモーミン」ごっこだ。ねえねえ呼ばれて振り返ると、頰《ほお》を人差し指で突かれる。やーだ、ゆーちゃんのほっぺぽよぽよーなどと喜ばれるのが、幼心にどこか悔《くや》しかったのを覚えている。あれ、モーミンじゃなくてユーミンだったかな、それはまた別のごっこがあった気がする。

「ねえちょっと、きみたち大丈夫《だいじょうぶ》？」

とにかく安易に振《ふ》り返っては、大人げない母親を嬉《うれ》しがらせるだけだ。ここはひとつ相手が飽《あ》きるまで、徹底《てってい》的に寝《ね》たふりだ。

やがて呼びかけるのを諦《あきら》めたのか、若い女性の心配そうな声がした。

「駄目《だめ》みたい、気が付かない。誰《だれ》か駅員さん呼んできて」

「救急車呼んだほうが早いんじゃない？」

救急車⁉

そんな大袈裟《おおげさ》な、救急車なんて呼ばれたら、おれは留年してしまいますよっ！　と飛び起きようとして失敗した。背中と腰に激痛が走ったのだ。

「……う……いて、て」

「ああ、急に起きようとしても無理よ。階段半分転がり落ちたんだもの」

「……階……段？」

やっと意識が現実に戻《もど》ってきた。そうだった、おれと村田健は、不注意なサラリーマンに体当たりを喰《く》らって、一緒《いっしょ》に駅の階段を落ちたのだ。

「そうだ、村田」

どこかのネジが緩んだのか、視界が翳《かす》んではっきりしない。親切な女性二人の手を借りて、おれはようやく身体《からだ》を起こした。

「お友達はまだ気を失ってるみたいよ。息もしてるし心臓も動いてるから、とりあえず大丈夫だとは思うんだけど」

「えーと、ご親切にありがとうございます……痛ェ……」

「あ、ごめんね、ここ痛かった？」

名前も知らない香水《こうすい》の匂《にお》いがして、こんなときにもかかわらず鼓動《こどう》が早くなった。

待て待ておれ。今はとにかく村田の怪我《けが》を確かめないと。なかなか視界がクリアにならなくて、おれは苛《いら》ついて両目を擦《こす》った。どうしちゃったんだ、頭でも打ったのか？　確かに目を開けているのに、ぼんやりとしか周囲が見えない。

「あ、眼鏡ね、眼鏡はここよ。じっとしてて、今かけてあげるから」

女の人に眼鏡をかけてもらうなんて、眼科検診《けんしん》のとき以来だ。いや待てよ、おれは両方とも二・〇だから、生まれて初めての体験じゃないか？

「すいません、何から何までありがとうございま……うわあ、おれっ！　おれ大丈夫か⁉」

矯正《きょうせい》されて曇《くも》りの晴れた視線の先には、おれが仰向《あおむ》けに転がっていた。もう一人の若いお姉さんが、ミニスカートからのぞく太股《ふともも》に頭部を載《の》せてくれている。ほんのちょっとだけ羨《うらや》ましいぞ。

おれはおれの身体に取りすがり、震《ふる》える手でそっと揺《ゆ》すってみた。

「なんかおれ大変なことになってますよねッ。おい、ちょっとおれ大丈夫なの？　どこ打った⁉　利《き》き腕骨折とかしてねーだろな。で、あれ、えーっと村田はどこに……」

ん？

ちょっと待て、色々と冷静になれ、渋谷有利。

目の前にひっくり返ってるのは、確かに自分自身だった。十六年間鏡で見慣れた渋谷有利だ。バッティング練習時ばかりだったから、ユニフォーム姿しか記憶《きおく》にないけれど。

だったら今、昇天《しょうてん》中の渋谷有利を揺《ゆ》さぶっているのは誰だ？　両手を結んで開いてみると、自分の命令どおりに身体は動く。

「……あれ？」

あれー？

そのとき、おれの下でおれの身体が低く唸《うな》り、瞼《まぶた》を数回ひくつかせてからゆっくりと目を開いた。

「……なんで……」

どう呼びかけていいものか迷っているうちに、渋谷有利の口から疑問が漏《も》れる。

「なんで僕が……僕を……覗《のぞ》き込んでるんだろ」

僕？　おれの口から僕？　ていうか僕って誰⁉

「まさか村田⁉」

まさかも朝霞《あさか》も、村田だった。

「……し、信じられない。どうしてこんなことに」

やたらとハートの飾《かざ》りが飛び交《か》うマクドナルドで、おれは五十回目の溜《た》め息をついた。テーブルの上には冷めかけたコーヒーのカップがあり、目の前には村田健が座っている。渋谷有利の姿をした、村田健が。

「すごいな、よく見える。眼鏡もコンタクトもナシでこんなに見えるんだー。へええ新鮮《しんせん》」

「感心してる場合かよー」

身体がおれで中身が村田の人間は、嬉《うれ》しそうに周囲を見回している。なるほど、おれはああいう顔をしてたんだ。

「それに何だか身体も軽いよ」

「おれのほうはケツも腰も酷《ひど》い痛みです。何度も同じとこを打ったみたいだ」

「それはあれだよ、きみのほうが反射神経と運動神経がいいから、無意識に受け身をとってたんだね。僕はもうなすがままに転がっちゃったから、そっちは全身青痣《あおあざ》だらけなんだよ。保険証のある場所教えるからさ、明日一緒に病院……」

「れ……」

おれは木目のテーブルに突《つ》っ伏《ぷ》した。温かいキャメルのコート地が頰に当たる。

「冷静に言うなー！　しかもおれの顔しておれの声で僕、僕って、なんかすげえ違和《いわ》感！　なんかおれが一気に女々《めめ》しくなった感じがしてすごく嫌《いや》だー！　おれの身体なのにおれの声なのに。ホントはおれなのにーっ！」

「落ち着け渋谷、オレオレ詐欺《さぎ》みたいな眼《め》で見られてるぞ」

どういう視線だよと慌《あわ》てて顔を上げるが、白い靄がかかって何も見えない。

「くそー、あっという間に眼鏡《めがね》が曇ってやがるー」

「まあまあ、そう興奮するなって」

村田はおれの手でおれの、つまり村田の腕を叩《たた》いた。紛《まぎ》らわしい。非常に紛らわしい。

「あのなあ、これが落ち着いていられるかっての。おれたちどうなったか判《わか》ってる？　入れ替《か》わっちゃったんだぞ！　おれの身体なのに中身は村田健で、お前の身体でお前の声なのに今喋《しゃべ》ってるのはおれなんだぞ!?」

「大丈夫大丈夫《だいじょうぶ》、きちんと理解してるよ。階段から落ちた衝撃で入れ替わっちゃうなんて、割とよくある話なんだから」

「よくある話ィ？　あ」

やっと曇りの晴れた眼鏡越《ご》しに、周囲の好奇《こうき》の視線に気付く。おれは慌てて声を落とし、片手を口の横に当てた。

「なーに呑気《のんき》なこと言ってんだよッ、こんな非科学的で非現実的なことが、そうそうあってたまるもんか」

「結構あるよ。ドラえもんでもあった気がするし、みかんとおかんも入れ替わりネタだった。大林宣彦《おおばやしのぶひこ》も入れ替わってなかった？　あれなんか性別違《ちが》ったから、かなり大変だったよねー」

みかんとおかんだって、と自分の小ギャグにうけながら、村田は渋谷有利の顔で笑った。また発見、おれはこういう顔で笑うわけか。

「ドラえもんは便利な道具を使ってるんだから、科学的に説明できるだろ」

できるかな。できるだろう、きっと。

「でもおれたちは何の根拠《こんきょ》も前触《まえぶ》れもなく、ただ落ちただけで入れ替わっちゃったんだぞ？第一、この先どうするんだよ？　外見は村田健ですが渋谷有利ですなんて言って、周りの皆《みな》が信じてくれると思うか？」

「まあ無理だろうね。ああでも渋谷、いわゆる人格入れ替わりは、殆《ほとん》どの場合短期的なものだから。長くても何週間か我慢《がまん》すれば、多分元どおりに……」

「もし戻れなかったらどうするんだよ⁉」

おれは頭を抱《かか》えた。指先に当たる感触《かんしょく》で、村田がちょっとクセ毛なのを知った。

「この先ずっとこのままだったら。あぁーすぐに試験があるんだよ、おれは進級かかってるんだぞ。お前の学校だってテストだよな……ん、待てよ、そうするとおれの試験は村田が受けることになるんだよな……その方が留年の危機は避《さ》けられる気も……ああ駄目だ駄目だ、それじゃ身代わり受験だ、カンニングと同じくらいまずい不正だよ。確かにおれだけど、本当はおれじゃないもん」

「相変わらずお堅《かた》いなあ渋谷は」

村田が冷めたコーヒーを飲んだ。カップの中身はクリームを入れすぎていて、黒というよりカフェオレ色だ。

「しかも逆にお前の学校の試験をおれが受けたら、そりゃもう悲惨《ひさん》なことになるぞ。だって進学校だもんな、普通《ふつう》に東大合格してるもんな……やばい。やばいやばい。赤点確実。成績表に一桁《ひとけた》の点数が永遠に残……それどころじゃないぞ、自分のせいで秀才《しゅうさい》・村田健が留年なんてことになったら、村田家のご両親にも申し訳が立たない！」

「一、二学期の貯金があるから、一回くらいの赤点じゃ留年しないよ。それに何度も言うようだけど、大学受験は内申書関係ないから。もしも実際に進級できなくなっても、一年浪人《ろうにん》したと思えばそれでいいじゃん。大丈夫、気にすることないよ。元《もと》に戻ってからきっちり取り返すから。退学して大検受けたっていいんだし」

「村田……」

と言いながらおれは、渋谷有利の手をぎゅっと握《にぎ》った。また発見、野球小僧《こぞう》の指は握り心地が良くない。

「お前っていいやつだなあ」

「そりゃどうも」

「ところで村田って右投げ右打ち？」

「僕の身体《からだ》はあんまり野球向きじゃないと思うなー」

とにかく、そう深刻に捉《とら》えてばかりいても仕方がない。なるようにしかならないんだから、とりあえず今は落ち着いて様子を見よう。無理やりにでもそういう結論を出したら、疲労《ひろう》感がどっと襲《おそ》ってきた。考えてみれば村田の身体は模試帰りだ。寒さにかまけて一日だらだらしていた渋谷有利と比べて、脳味噌《のうみそ》の疲《つか》れ方も激しいだろう。

おれは自分だったら似合わないだろうダッフルコートのままで、椅子《いす》に背中を押し付けた。

「うー怠《だる》い。なんかものすごく疲れたよ」

「ま、そう珍《めずら》しくないとはいえ、充分《じゅうぶん》に衝撃《しょうげき》的な出来事だもんね」

「うん……あー、ほっとしたら生理的欲求が。おれちょっとトイレ」

「あ、僕も」

カップや紙を捨ててから、荷物を抱えてトイレのドアを押す。そうしながらも当座をしのぐための情報交換《こうかん》をしなければならない。まず今夜、悪くすれば明日の夜も、最悪の場合は何週間かを立場逆転で過ごさなければならないのだ。

おれが村田で村田がおれで……ああ駄目《だめ》だ、どこかで聞いたフレーズになってきた。

「そういえば渋谷、犬の名前は何だっけ？　パトラッシュ？」

「うちはフランダースかよ。はーしかし、冬はヤダねえ、あんまし寒いと外に出すのも億劫《おっくう》になっちゃう……」

黄色い玉の転がる便器の前に並んで立ちながら、暖房《だんぼう》でようやく温まった手でズボンのチャックを下ろ……そうとして気付いた。

「あっ！」

「な、なんだよ!?　急に変な声だすなよ渋谷っ、手元が狂《くる》って狙《ねら》いが外れちゃうだろ」

「待てよ村田、おれが今ここで小便をするためには、こ、この手でお前の、つまり村田健の排《はい》泄《せつ》器官を、も、持たなきゃならないってことなんだよな？　それも一瞬《いっしゅん》のことではなく、用を足してる間中、他人のブツをだな、ずーっと摘《つま》んでなきゃならないという。うわどうしよう、持ちたくない。激しく持ちたくない！」

おれは隣《となり》を覗《のぞ》き込んでまた嘆《なげ》いた。村田がすでに実行中だったからだ。

「うわ、お前おれの……ぎゃー！　見るな！　まじまじ見下ろして比べるなッ」

「あのね、何を子供みたいなこと言ってんだよ。誰《だれ》だってトイレくらい行くんだから。溜《た》めといたら身体に毒なんだから、この際しょうがないだろ？」

「だってお前、何の抵抗《ていこう》もないの？　それ、おれのなんだぞ？　ううひゃー、そんなに振《ふ》るな！」

「そっちこそ、合わせて身体揺《ゆ》するのやめろ」

さっさと済ませてしまった友人相手に、おれだけが必死だ。尿意《にょうい》は増すし、混乱するし。

「うう、おれ村田に握られた……」

「細かいこと気にしすぎ。どうせ指もきみのものじゃないか。ほら、さっさとしちゃいなよ。誰のとか深く考えない！　なんだったら介護《かいご》の練習だと思えばいいよ。お年寄りの手助け。心頭滅却《めっきゃく》してエイって持っちゃえば、別になんてことないって」

「……そんなことで心頭滅却したくないです」

「じゃあ何だい、僕に手伝えっていうのー？　それも嫌《いや》なんだろ？」

村田は呆《あき》れて頭を掻《か》き、白いドアを指差した。

「個室でしてこい！」

「えぇーっ!?　座ってすんのか!?」

心細いから泊《と》まっていってーとか、今夜は帰したくないーとか、ホテル前のカップルかよという引き留めあいをしたのだが、村田健は渋谷家に泊まれなかった。つまり、身体は村田で中身はおれという合体人間が、自宅（村田家）に帰らなければならないということだ。

「父親が三ヵ月ぶりに帰国するんだよね、確か。明日の朝にはまたどこかに飛ぶらしいけど」

香港でIT関連の仕事をしているという親父《おやじ》さんと、都内にウィークリーマンション借りて、毎晩事務所に詰《つ》めっきりだという弁護士のお袋《ふくろ》さんが、久々に家にいるのだとか。そういう事情ならさすがに今夜は家にいなければまずいだろう。親父さんにしたって久々の我が家だ、愛する一人息子《むすこ》にも会いたいだろうし。

ということは、普段《ふだん》は高校生にして独り暮らし状態だったのか。過干渉《かかんしょう》気味の親兄弟を持つ身では、どんな生活なのか想像もつかない。うちとは一八〇度違《ちが》う家庭環境《かんきょう》だ。

高層マンションの前に立って、おれは白く息を吐《は》いた。

最低限の前知識は入れてきたとはいえ、いざとなるとやっぱり不安だ。初対面の大人二人を相手に、家族のふりをしなければならない。

村田（でも見た目は渋谷有利）は一緒《いっしょ》に行こうかと言ってくれたが、せっかくの家族水入らずの晩に、第三者が割り込むのも無粋《ぶすい》だろう。それに三ヵ月ぶりに会う親父さんが、目の前でおれのほうを息子扱《あつか》いしたら、村田だって傷つくだろうし。いや肉体的には間違《まち》っていないんだから、事情を知らない親父さんとしては当然の行動なのだが……でも気持ちの問題としては、おれだったら淋《さび》しく思う、ような気がする。

「……っだいまー……」

エントランスのオートロックをどうにかクリアして、教えられた番号のドアを引く。鍵《かぎ》がかかっていた。まあそうだろう、最近は何かと物騒《ぶっそう》だし。窓から灯りが漏《も》れていたから、もう両親が帰宅しているのだと思って、おれはインターホンを押して待った。少々、いやかなり緊張《きんちょう》しながら。

「いきなり今晩は、は変だよな。どーもとか曖昧《あいまい》な挨拶《あいさつ》もおかしいし」

……いつまで経《た》っても玄関《げんかん》は開かなかった。

もう一度押してしばらく待ったが、やはり何の反応もない。

自棄《やけ》になって十回連続で押した。やっと内側から鍵が開いた頃《ころ》には、その場から逃《に》げたくなっていた。ピンポンダッシュの犯人の気分だったのだ。

「なにしてるの」

顔を覗《のぞ》かせた女の人は、疑問形でなくそう言った。おれは出鼻をくじかれて、喉《のど》まできていた挨拶を呑《の》み込んでしまった。

「あ、ドアが……」

「自分の鍵、持ってるでしょ」

コートのポケットには確かにキーリングがあった。

余所《よそ》の家ってのはそういうもんなのかねと思いながら、おれは玄関で靴《くつ》を脱《ぬ》いだ。ただいまを言うタイミングは完全に逃《のが》してしまった。

さっさと引っ込んでしまった村田の母親らしき女性は、予想どおりの眼鏡《めがね》だった。短めの髪《かみ》を軽い茶色に染めていて、家だというのにきっちりと化粧《けしよう》をしている。ぱっと見た感じでは十年後の高島礼子《たかしまれいこ》。うちのお袋とは正反対の、いかにも働く女性といったタイプだ。仕事相手として渡《わた》り合うなら手強《てごわ》そうだが、息子にはあまり感心がない様子。これなら騙《だま》し通せるかもしれないと、おれは人知れず胸を撫《な》で下ろす。

玄関左の高校生の部屋でコートを脱ぎ、洗面所で時間をかけて手を洗う。顔を上げると鏡に映った自分がいる。

村田健だ。

さあ、腹を決めろ村田、ていうかおれ。これから実の父親と、三ヵ月ぶりに感動の再会だぞ。

覚悟《かくご》を決めてリビングに入ると、ソファーにワイシャツ姿のおじさんがいた。熱心に新聞を読んでいるので、薄《うす》くなりかけた後頭部しか見えない。多分これが、いや「これ」なんて呼んではいけない、このサラリーマンさんが村田の父親だ。

「あの……」

「ああ」

親父さんは三センチくらい顔を上げて、最愛のはずの一人息子を見るが、それもほんの一瞬だけのことで、すぐに視線を新聞に戻《もど》してしまった。グローバルな企業《きぎよう》の社員だから、社会情勢には常に気を配らなければならないのかもしれない。それとも久々の日本だから、国内のニユースを仕入れるのに必死なのか。

短い時間でつかんだ特徴《とくちょう》を一言で表すと、三割ばっか肉をつけたさだまさしだ。案の定眼鏡、お約束どおり眼鏡、家族全員眼鏡。

さだまさしと高島礼子が結婚《けっこん》すると、この村田健の頭脳と顔が生まれるわけか……。

「えーと」

ここにきて大問題が発生した。

久々に会う父親を、どう呼んでいいのか判《わか》らなかったのだ。

村田の性格から考えて、親父・お袋の組み合わせはまずないだろう。とすると、とーさんかお父さんかお父様か、それとも高校一年にしてパパだとか……パパかも。パパかもなー。

おれは意を決してさだまさしに近づいた。

「あー……えーと……そのー……お久しぶりです」

何を言ってんだか。

「ん？　ああ、ひさしぶり」

困ったことに声はフォークソングではなく、迫力《はくりょく》の重低音だった。部長クラスの威厳《いげん》に圧倒《あっとう》されて、おれはまたしても変なことを口走った。

「さ、三ヵ月間のおつとめ、ご苦労さんです」

おいおいおい、極道《ごくどう》の妻《おんな》たちじゃないんだからさ。

親父さんは新聞から顔を上げて、自分の息子をまじまじと見た。古い形の眼鏡の奥で、人の良さそうな目が丸くなった。よーしここだ、この機を逃さずにコミュニケーションだ。大切なのは攻めの姿勢《せ》だぞ。明るい黄色のソファーに座り込み、知識がないながらも会話を進めようとした。

「香港どうだった？　飲茶《ヤムチャ》うまかった？　ジャッキー・チェンいた？」

「いつもどおりだが」

「そんなあ、いつもどおりなんて言わないでさ、三ヵ月も行ってたんだから、土産話《みやげばなし》でも聞かせて……」

「ちょっと、健！」

苛《いら》ついた口調で名前を呼ばれるが、一瞬《いっしゅん》、誰のことか判らなかった。だがすぐに自分の立場を思い出し、声の主を振り返る。村田のお袋さんはダイニングテーブルの上に書類を広げ、ペンのキャップでそれをつついていた。

「よそで話してくれる？　集中できないから」

「え、ああ、すみません」

「母さん、仕事持ち帰りなんだよ」

釈然《しゃくぜん》としない顔のおれに、親父さんが小声で教えてくれる。どうやら最近の働く母親は、仕事を家庭に持ち込む主義らしい。

「用がないなら自分の部屋で勉強すれば？」

「え、でもまだ夕飯が……」

「食べてこなかったの⁉」

逆に驚《おどろ》かれてしまった。何だよ、そういうシステムなら最初から言っておいてくれよ。三ヵ月ぶりに家族が揃《そろ》うのだから、皆《みな》で食卓《しょくたく》を囲むものだと思い込んでいたのだ。特に料理の匂《にお》いはしなかったけれど、これから寿司《すし》でもとるのだろうと。

「いやだ、いつもなら何か食べてくるじゃない。帰りに好きなもの買ってきたり。急に夕食なんて言われても、ご飯炊《た》けてないわよ」

「あっ！　いい、いい、いいよ、コンビニ行ってくるから！　ついでに何か買ってくる物ある？」

高島礼子の手料理を食べさせてもらおうなんて、おれの考えが甘かったのだ。

さっきと同じキャメルのコートに袖《そで》を通し、マンションの廊下《ろうか》に飛び出した。エレベーターに駆《か》け込んでから、やっと大きく息をつく。家庭の事情って想像以上に難しい。これが何週間も続いたら、気疲《きづか》れでどうにかなってしまいそうだ。

ポケットに鍵と財布があるのを確認《かくにん》して、静まり返ったエントランスを抜《ぬ》ける。マフラーを忘れた頰《ほお》と首が、二月の冷たい外気に撫《な》でられた。確か二百メートルくらい先の角に、コンビニの灯りが見えたはずだ。

こちらに向かって歩いてくる人影《ひとかげ》があったので、おれは軽く頭を下げた。同じマンションの住人だったら挨拶くらいするだろう。おれが身体《からだ》を使っている間に、村田の評判が落ちたらまずい。ちらりと視線を走らせると、相手は同年代の女子だった。制服の上にコートとマフラーまでしているのに、チェックのスカートの下は素足《すあし》だ。見ているこちらが寒くなって、すれ違《ちが》いながら思わず肩《かた》を竦《すく》めた。

「村田くん」

はい⁉

またしてもいきなり名前を呼ばれ、声にならない返事をして足を止める。自分の顎《あご》に人差し指を当てて、念のために確認する。

「おれ、だよね」

「そうだよ。他《ほか》に誰《だれ》がいるの？」

彼女は学生鞄《かばん》を両手で持ち、おれの真っ正面に立った。寒風に頬を赤くして、肩までの髪を軽く揺《ゆ》らしている。クラスに必ず一人いるような、委員長タイプの女の子だ。気の強そうな大きな目。

「今日、付き合ってくれる約束だったじゃない」

「え？」

それでそちらはどなた様でしたっけなどと、今さら訊《き》くわけにもいかない。

「付き合ってくれるはずだったでしょ？　なのにどうして先に帰っちゃったの？　あんな短い

メール一通だけで断られるなんて、村田くんにとってあたしってそんなに軽い存在なの？」

「ちょ、ちょっと」

委員長（仮名）さんはバッグに手を突《つ》っ込むと、いかにもなサイズの箱を取り出した。シーズン特有の可愛《かわい》らしいラッピングは、明らかに二月十四日用のチョコレートだ。

「明日は会えないから今日終わったら渡そうと思って、お礼も用意して待ってたのに！」

「ちょっと待ってくれ！」

ちょーっと待ってくれ！

委員長（仮名）さん、おれに少しばかり考える時間をくれ。バレンタインは明日だけど、会えないから今日渡そうと思っていたんだよな？　放課後に会えるよう約束を取り付け、チョコレートも用意していたんだよな？　一世一代の告白のために。

告白って誰に？　チョコレートって誰に？

「村田くんってば」

「お、おれだよな⁉」

「だからそう言ってるでしょ、とぼけないでよ」

どうしてこう次々と予想外のアクシデントが起こるのか。複雑な親子関係から逃れたと思ったら、次はバレンタイン前夜の告白だ。ていうか村田、お前こんな可愛い女の子に告白されそうだったのに、どうして約束すっぽかしたんだ⁉

しかもおれは今、この瞬間《しゅんかん》、彼女にどういう態度をとったらいいんだ⁉

「答えてよ」

「う、答えろと言われても」

まさか「実はおれ村田健じゃないから―」という言い訳は通用しないだろうし、だからといって村田になりきって、勝手に返事をしてしまうのもまずい。男といえども異性の好みは千差万別《ばんべつ》だ。おれ基準では充分《じゅうぶん》に合格点でも、村田のタイプではないのかもしれない。たとえどんなに美人でも、気の強い女の子は絶対に駄目《だめ》だとか……いやいやこれくらい可愛ければ、おれだったら性格には目を瞑《つぶ》るけどな。

委員長（仮名）さんは焦《じ》れたように眉《まゆ》を寄せ、チョコレートの箱をぎゅっと握《にぎ》った。

「村田くんっ」

「ごめん、無責任なことは、言えないんでッ……あっ」

もはや質問の内容さえ判らなくなってるおれの耳に、『サンダーバード』のメロディが聞こえてきた。同時に胸の内ポケットで、バイブ機能が働きだす。

「悪い、ちょっと電話」

体温で温まった携帯《けいたい》を通して、別れたばかりの友人の声がした。

『渋谷？』

「村田っ⁉　ああ、じゃなかった、おれが村田だよ、おれが」

子供みたいに嬉《うれ》しげな反応をしてしまい、おれは慌《あわ》てて声を潜《ひそ》めた。すぐ横にいる女の子は、二人が入れ替《か》わっている事実を知らない。

『あーよかった、早くでてくれて。ここ寒いんだ、公衆電話なんだよ。すっごく重要なこと思い出したんだけど、家の電話で話せなくてねー。きみんちはとても居心地がいいけどさ、酔《よ》ったお兄さんが電話の前でクダ巻いてるんだ。子機も使わせてくれないんだよー』

渋谷兄は現在積極的に彼女募集《ぼしゅう》中で、連日連夜の合コン強化月間だ。

「相手にするな」

『相変わらず、おにーちゃんって呼べってごねてるけど』

「呼ぶな。あいつはギャルゲーのやりすぎなんだから」

『そう呼ばないと駅で買い占《し》めたスポーツ新聞やらないって言ってる』

「やっぱ呼んどけ！　それどころじゃない、それどころじゃないんだよ村……いや、アミーゴ。今さあ、お前、大変なことになってるんだぞ」

『どうしたアミーゴ』

そっちは別に普通《ふつう》に呼んで構わないんだけど。

「聞いて驚け！　ていうか驚くな、冷静に聞け。おおお女の子に、告白されかかってる」

必要以上に声を潜める。こちらの動揺《どうよう》と困惑《こんわく》も知らず、友人は電話口で笑いだした。

『ああ、亀井《かめい》だな？　怒《おこ》ってるんだろ』

「カメイ?」

『そう。亀井なんだっけ、下の名前。ああそうだ、シズカちゃん』

「それ政治家だろ」

『参るなあ、家の前まで押し掛《か》けてきてるの? 相変わらず悔《くや》しがりなんだから。メールで連《れん》絡《らく》入れたのになあ』

「ばっか、お前《まえ》ェ」

おれは右手で口元を覆《おお》ってしゃがみ込み、亀井シズカちゃんに背中を向けた。

「……性格きつそうだけどかなーり可愛いぞ? メールなんかで断らずに、一、二ヵ月付き合ってみたらどうよ? バットは振《ふ》ってみろ、球は受けてみろっていうじゃん」

『普通は言わないよそんなこと。でも可愛いだけじゃなくて頭も良さそうだろ。ていうかさあ、中二でクラスが一緒《いっしょ》だったよ渋谷。きみは野球部以外誰も覚えてないんだね』

「嘘《うそ》、おれ知り合い!?」

苛《いら》ついた様子で腕組《うでぐ》みしている少女を見る。おっしゃるとおり覚えていないが、確かに頭脳も明晰《めいせき》そうだった。

「……やっぱ記憶《きおく》にないや……危険を察知して本能的にスルーしてたのかな」

『だろうと思った。亀井はね、模試で僕と勝負したがってんの』

「勝負って、模試で? だって本番は大学入試だろ、その前に勝負して何になるんだよ?」

『さあねー。とにかく僕は告白されてるんじゃなくて挑戦《ちょうせん》されてるんだよ。それがなかなか日程やコースが合わなくてね。今日の塾《じゅく》内模試でならって言ってたんだけど、僕が三教科だけで帰っちゃったから』

帰っちゃうなよ！

説明するから代わってくれと言われて、恐《おそ》る恐る携帯《けいたい》電話を亀井に差し出す。

「代わってもいいけど、相手は誰よ」

「村……渋谷」

「渋谷って、あの野球バカの渋谷有利？」

これまで女子にどういう目で見られていたのかが、やっと判《わか》った冬の夜。風は冷たかった。整った眉が不機嫌《ふきげん》そうに歪《ゆが》むのを、おれはハラハラしながら見守るしかなかった。

亀井シズカはメタリックブルーの携帯を受け取ると、怪訝《けげん》そうな顔で返事をする。

「……それどういうこと？」

村田は一体、何を言っているんだ⁉

段々声を荒《あら》げていった亀井は、最後に挑戦的な単語を吐《は》き捨ててから、おれに携帯を突き返した。地面に叩《たた》きつけそうな勢いだったが、辛《かろ》うじてそれを抑《おさ》えたらしい。

「信じられない！　あんたたちってそんなことになってたわけ⁉」

「ど、どんなコトに」

確かに今、おれたちは入れ替わっていて、とんでもないことになってはいますが。

ジャイアン歩きで去っていくシズカちゃんを、のび太の気持ちで見送りながら、おれは電話の向こうの友人を問い詰《つ》めた。

「何言ったーっ⁉」

『別に何も。本当のことだけだよ。渋谷が……つまり僕がね、期末試験ピンチだから、大慌《おおあわ》てで村田に頼《たの》んだんだって。亀井より友人の進級の方が重要だから、断られても仕方ないだろうって』

「それだけか?」

『うん。あと、亀井が模試で何位になろうが知ったこっちゃないけど、渋谷が留年したら村田も責任感じるだろうからって。だって大事な友達だし、村田はおれを立派な王様にするって義務があるからねって』

「……お前、そんな特殊《とくしゅ》な事情を、よりによっておれの口から……」

肩《かた》を落とすおれを笑うように、電波越《ご》しに呑気《のんき》な声が聞こえてくる。

『別にいいだろー? 僕もきみも彼女と付き合う予定はないんだし。どんな風に思われたってー』

「そういう問題じゃ……」

誤解された。間違《まちが》いなく誤解されたぞ。どのように解釈《かいしゃく》されたかは微妙《びみょう》だが、王様なんて単語が混ざっていた時点で、正しく理解してもらえたはずがない。

『そんなことより渋谷、言っただろ、すっごい重要なことを思い出したんだ。きみの今後の人生に関《かか》わること。今すぐ話さなきゃ。電話じゃ埒《らち》が明かないから』

「判った、すぐ行く。んで今どこよ？」

『顔上げてー』

信号のない横断歩道の向こうには、街灯のついた電柱があった。その真下の寂《さび》れた電話ボックスで、渋谷有利の姿をした村田が手を振っている。

『夕飯、ポトフだったよー』

あまりに脳天気そうな顔すぎて、我ながら情けなくなってきた。


もしもデータがあるのなら、今後の参考のために是非《ぜひ》とも知りたい。過去に「入れ替わった」人々が平均何日間くらいまで我慢《がまん》できたのかを。

入れ替わって僅《わず》か数時間、おれたちは早くも限界に達していたからだ。

「自分でもさすがに気が短いなーとは思うけど」

「まあね。僕はけっこう居心地よかったし、渋谷の身体《からだ》は軽くて柔《やわ》らかくていいけどね。階段上るのなんかすごい楽。前屈《ぜんくつ》で爪先《つまさき》まで指が届いたのも生まれて初めてだよー」

「それもこれも日々のトレーニングの成果だが……一体お前は何を試《ため》してみてるんだ」

「まあ色々。運動神経のいい身体って得だなあと思って」

おれとしても脳味噌《のうみそ》のいい身体は羨《うらや》ましい。でも誰《だれ》がどう考えたって、この状態は不自然だ。村田の思い出したという重要な事情のことも考えれば、一刻も早く元どおりに戻《もど》るべきだろう。戻れるかどうか定かではないにしても、とりあえず試してはみるべきだろう。

村田は未練たらたらみたいだが。お袋《ふくろ》の料理がそんなに気に入ったのだろうか。だったら毎晩食べに来ても構わないからさ。

重要な事情というのは、こうだった。

おれの色あせたサファリジャケットのポケットに、かじかんだ指を突《つ》っ込みながら彼は言った。

「花嫁《はなよめ》選びがあるんだよ」

「はなよねえらびーぃ？」

「はなよね、じゃなくて花嫁。僕の記憶が確かならね。きみの国で。今はもうしっかり王様に就任したんだから、あそこでね。この季節の、ちょうど同じような時季に、大規模な花嫁選びが行われることを思い出したんだ」

店は皆《みな》シャッターを閉め、駅へと向かう道はすっかり寂しくなっている。九時を回ると地元の商店街は、土曜出勤に疲《つか》れた表情で家路を辿《たど》るサラリーマンばかりだ。

「はー、嫁さんをねー。つまりあっちにもバレンタインみたいな行事があるんだ」

「違《ちが》うよ」

集団見合いみたいな想像を遮《さえぎ》られる。

「女性は複数だが、きみは一人だ。この一年で持ち上がった縁談《えんだん》や求婚者《きゅうこんしゃ》の中から、魔王《まおう》陛下の花嫁を一人決めるんだよ」

「ま……おれの!?」

「そう。魔王陛下の花嫁は誰だ!? っていっても何しろ相当昔の催事《さいじ》だからね、今でも執《と》り行われているのかどうかは、僕もちょっと記憶が定かではないんだけど……」

「冗談《じょうだん》じゃない、おれの結婚相手はおれが決めるよ！ ていうかまだ十六歳だぞ、憲法じゃ結婚できないんだぞ!?」

「それはきみの後見役に言ってくれよー。それか摂政《せっしょう》だか王佐《おうさ》だか催事司《つかさど》り役だかにさ」

両手を広げ天に向かって訴《うった》えかけるギュンターが浮《う》かんでしまい、足元の残り雪で滑《すべ》りそうになる。彼ならおれの歳《とし》など関係なく、どんどん話を進めそうだ。待てよ、あのフォンクライスト卿《きょう》のことだ、恥《は》ずかしげもなく純白のドレスを身につけて、候補者の中に紛《まぎ》れ込んでいてもおかしくない。

「……ギュンターの……ドレス……」

「渋谷、あんまり怖《こわ》い想像になっちゃだめだよ？」

普通《ふつう》以上に似合いそうなところが怖いんだよ。

「とにかくね、この時期にうっかり女の子と付き合うことを決めちゃうと、それがそのまま花嫁選びに直結しちゃう可能性があるんだよ。折しも明日は狙《ねら》ったみたいにバレンタインだし。きみに告白しようっていう女子が列を作ってるかもしれないし」

「……またそんな、非現実的な嫌味《いやみ》を」

「何が。僕が何か超《ちょう》魔術的なボケを言ったかい？　だからねえ、このまま僕がきみの中に入っていたとしたら、告白してきた相手に返事するのも僕になっちゃうだろ？　丸一日一緒《いっしょ》にいたところで、早朝の電話攻撃《こうげき》なんかには対応できないしね。その場合、無下に断っちゃうのも渋谷に悪いし、かといって厳密にいえば渋谷有利でない状態の僕が、勝手におっけーしちゃうのもどうかと思うし」

突撃《とつげき》があってから心配すればいいような気もするけど。

もしも明日もこのままの状態だったら、村田もかなり呆《あき》れるだろう。なにせ十六年間モテない人生送ってきたこのおれだ。チョコレートなんて親からしか貰《もら》えない。

「しかも、きみ＝僕の安易な返事のせいで、彼女が魔王の花嫁認定《にんてい》されちゃう可能性だってある。向こうと地球では違うって反論したところで、きみの妄信《もうしん》的な臣下の皆さんが納得《なっとく》してくれるとは思えないしさ……渋谷、聞いてるー？」

「……そうだな、やっぱ早く元に戻ったほうがいい。この歳になって母親からチョコ貰うのも、かなりの精神的苦痛だもんな。同級生から挑戦状《ちょうせんじょう》叩《たた》きつけられるほどモテモテな村田に、そんな体験させるのも悪い」

「モテモテって。僕だってバレンタインはハワイからカードが届くくらいのもんだよ」

「……村田、お前、いつの間にハワイに？」

いいなあ、きっと常夏《とこなつ》の島の美女に違いない。

「僕は元々、ワールドワイドでグローバリゼーションだけど。さあ、渋谷、僕等《ら》これからこの階段を一気に落ちないといけないから」

「ええ⁉」

果てしなく遠い（ように感じる）駅の階段を見下ろしながら、おれは生唾《なまつば》を呑《の》み込んだ。立っているのは改札を出てすぐの場所だ。ここから遠い地面までは、目測で富士山八合目くらいはある。現場を目の前にして動揺《どうよう》しているのか、色々な意味で計算が狂《くる》っていた。

「いやだなあ渋谷、忘れちゃったの？　言ったろー？　入れ替《か》わったとき以上の衝撃《しょうげき》が加われば、けっこう簡単に元に戻るもんだって」

「待て待て、お前、同じくらいの衝撃って言ってたぞ。当時以上の力だなんて言わなかったぞ⁉　おれたち踊《おど》り場《ば》から落ちたのに、今いるの階段のてっぺんじゃねーか。こんなとこから転げたらとても無事じゃ済まないよ、ていうか本気で死んじゃうって！」

「死なない死なない。過去の例から実証されてるんだって。それに渋谷、そう軽々しく死を口にするもんじゃないよ」

「お前こそ軽々しく人を落とすなーっ！」

「大丈夫《だいじょうぶ》大丈夫、もう既《すで》に一度体験済みなんだし。目を瞑《つぶ》ってりゃあっという間に終わっちゃう絶叫《ぜっきょう》マシンみたいなものだから」

「やめろ早まるな村田それでもちきゅうはまわってるー」

どうあっても最上段からダイブしようというのか、村田はおれの腰《こし》をがっちりホールドして、宙へと一歩踏《ふ》み出した。ちょうど時刻表の谷間なのか、乗降客はちらほらとしか流れてこない。とはいえ常識的な人々の視線は、駅の階段で抱《だ》き合って喚《わめ》く高校生には冷たかった。

最近の若者はとか思われてるんだろうな。しかも食卓《しょくたく》の話題にされるんだろうなあ。

待てよ、もし万が一、この中に知り合いがいたらどうしよう。帰宅途中《とちゅう》のご近所さんがいたら、翌日はおれたちの話題で持ちきりだ。脳内スピーカーで、お隣《となり》の大野《おおの》婦人の声が響《ひび》く。

あら渋谷さん、お宅の息子《むすこ》さん大変だったわねえ。中学の同級生だった男の子と、駅の階段で抱き合って心中《しんじゅう》ですって。

心中ですって心中ですって心中ですって。

ドルビーサラウンド目撃《もくげき》証言。

「おおお落ち着け村田、おれたちこのままじゃ物凄《ものすご》く後味の悪い心中扱《あつか》いだぞ」

明らかに考えていなかった声で、村田は頭に手をやった。冬なので伸《の》ばしっぱなしの渋谷有利の髪《かみ》が、慣れない仕草で撫《な》でられている。不思議な感じだ。おれの髪を触《さわ》るおれの指が、他人の癖《くせ》で動いているなんて。

「あ、そーかーぁ」

「それだと世間体《てい》が悪いねー。お兄さんが都知事になれなくなっちゃう」

「……短い時間で何を聞かされたんだ」

「いやちょっと、人生設計をね。彼の計画だときみは石原軍団に入る予定らしいよ」

勝利は我が家を都知事ファミリーにしたいのか。

「となると、誰《だれ》かに偶然《ぐうぜん》を装《よそお》って突《つ》き落としてもらわないと……ああすいません、そこのお二人」

友人はきょろきょろと周囲を見回して、会社帰りらしき二人に目をつけた。大袈裟《おおげさ》な動きで自分の顔に人差し指を向ける。男のほうは二十代前半で、フライトジャケットに眉《まゆ》の上まで覆《おお》うキャップ、顎《あご》にはおれの嫌《きら》いな無精髭《ぶしょうひげ》まで蓄《たくわ》えていた。ほとんどもたれ掛《か》かるようにして腕《うで》を組んでいるのは、胸の押し付け具合からして恐《おそ》らく彼女だろう。袖《そで》だけがニットになった可愛《かわい》いジャケットを着ているが、何が可笑《おか》しいのか大口を開けて笑ってばかりいる。目に痛いほど真っ赤に塗《ぬ》られた爪《つめ》が、彼氏の腕に食い込んでいた。

上気した頬《ほお》と潤《うる》んだ瞳《ひとみ》、寄ってくる足どりも心許《こころもと》ない。彼女のほうは相変わらずバカ笑いのままで、おれたちを指差して叫《さけ》びだした。

「みてみてー、タンゴ、タンゴー！」

何がタンゴだ。こっちは踊るためにくっついてるんじゃないってのに。

ほろ酔《よ》い加減、いや絶対にボロ酔い状態だ。九時過ぎでこの醜態《しゅうたい》では、日付の変わる頃《ころ》には人間を超《こ》えているに違いない。

「村田、酔ってる奴《やつ》に頼《たの》むのはどうかなあ」

「素面《しらふ》の人がこんなこと引き受けてくれると思うかい？」

そりゃそうだ。

でもと口ごもるおれを無視して、村田は眉キャップ男に全権を委《ゆだ》ねてしまった。

「すみませんけど、今から僕等《ら》にアタックしてくれませんか？　軽ーく体当たり程度でいいんですけど。えーと怪《あや》しまれないように、なるべく事故を装って」

「あー？　事故を装って体当たりー？　なんか暗殺みてえだなあー。どうするよ、こんなん頼まれたことねえし」

「どーするよって訊《き》かれても、だってタンゴなんだもーん」

タンゴという単語がツボにはまってしまったのか、彼女はずっと笑いっぱなしだ。

「やっちゃおうよー。いいよ、やっちゃおうよー。タンゴ見たいタンゴ見たいタンゴ見たーい！　えーいっ！」

と言うが早いか彼ではなく彼女のほうが、固まってるおれに渾身《こんしん》の力をこめてぶつかってきた。それも愛する男の腕をがっちりと掴《つか》んだままである。

「ちょっと待て！　それは体当たりじゃなく、ぶちかま……わー！」

身体《からだ》が傾《かたむ》いたと思ったら、村田ごと宙に浮いていた。しかも落ちる寸前に不吉《ふきつ》な言葉を聞いてしまった。冗談でなく不吉な一言だ。

「あたしも一緒にタンゴー！」

ええっと思ったときにはもう遅《おそ》かった。

期待に反してダンゴになりながら、おれたちは四つ巴《どもえ》で転落していた。


……え……ねえ……ねえ……。

靄《もや》のかかった意識の中で、おれはぼんやりと考えていた。

これはあれだ、兄貴が大好きな「ねえお兄ちゃん」ごっこだ。ねえねえ呼ばれて振《ふ》り返ると、頰を人差し指で突かれる。やだー、おにーちゃんたらひっかかったぁなどと妹キャラが、ツインテール頭を揺《ゆ》らして喜ぶ。ていうか兄貴はギャルゲーやりすぎ。妹キャラに夢見過ぎ。

「ねえちょっとーぉ、きみたち大丈夫《だいじょうぶ》ーぅ？」

ここでやめろよしつこいぞとぶち切れれば、大人げない兄を喜ばせるだけだ。ここはひとつ相手が飽《あ》きるまで、徹底《てってい》的に寝《ね》たふりだ。

やがて呼びかけるのを諦《あきら》めたのか、若い男の心配そうな声がした。

「駄目《だめ》みたーい、気が付かなーい。どーしようかー」

若い男が……いや、これは他《ほか》でもないおれの声だよな。間延びしてはいるが、おれの声だよな。

「しょーがねえな。警察沙汰《ざた》になんのもイヤだし、このまま逃《に》げちまおうか」

警察⁉

「えー、でもあたしこのままじゃ困るよー」

「いいじゃん、七歳くらい若くなったぜ」

「ほんと？　若いほうが好き？」

飛び起きようとして失敗した。背中と腰に激痛が走ったのだ。急に動こうとしても無理に決まっている。駅の階段を天辺《てっぺん》から転がり落ちたのだから。そうだった、おれと村田健は、通りすがりの彼氏彼女にぶちかましを喰《く》らわせてもらい、駅の階段を落ちたのだ。四人一緒《いっしょ》に。

「うぅーん……そうだ、む……村田は……」

「あ、気がついたかも」

おれはやっとのことで身体を起こし、覗《のぞ》き込んでいた相手を見た。

渋谷有利だ。

「なに⁉」

どうしておれがおれに覗き込まれているんだ⁉　どこか打ち所が悪かったのかと、慌《あわ》てて両目を指で擦《こす》る。指先が燃えるように真っ赤だった。

「うわ、なんだこれ⁉　全部の指から大出血してるよ！　やばいどうしよう右投げ右打ちなのに……でも全然痛くないんですけど……あーっ！」

それもそのはず、赤いのは女性用のマニキュアだ。何故《なぜ》おれの指が、このような美しさに。

「ちょっとー、普通《ふつう》、血とか言うー？　一時間かけた超《ちょう》力作ネールなのにィ」

覗き込んでいた渋谷有利が、いやにカマくさい口調で憤慨《ふんがい》した。

「誰っ？　ていうか、おれこそ誰ッ⁉」

自分の身体から名前も知らない香水《こうすい》の匂《にお》いがして、こんなときにもかかわらず鼓動《こどう》が早くなった。目ははっきり見える。ということは前回の事件のように、村田と入れ替《か》わってしまったわけではなさそうだ。

「む、村田は？　ああよかったそこにいたんだ」

しゃがんでこちらを見ている渋谷有利の隣に、眼鏡《めがね》のフレームを歪《ゆが》ませた村田健がいた。

「おれたち」は必要以上に身を寄せ合い、しっかりと腕なんか組んでいる。

ん？　ちょっと待て、色々と冷静になれ、渋谷有利。

目の前で友人と仲良さげにくっついているのは、確かにこのおれ自身だった。十六年間鏡で見慣れた渋谷有利だ。バッティング練習時ばかりだったから、ユニフォーム姿しか記憶《きおく》にないけれど。

だったら今、それを見ているこの視力は誰のものだ？　一体誰の眼球だろう。

「……まさか」

まさか。

そのとき、離《はな》れた場所に転がっていた無精髭の眉キャップが低く唸《うな》り、瞼《まぶた》を数回ひくつかせてからゆっくりと目を開いた。どう呼びかけていいものか迷っているうちに、男の口から疑問が漏《も》れる。

「うー痛た……どうなった渋谷、うまく戻《もど》れた？」

まさか村田⁉

それで、おれは、今度は……誰？

BEANS BUNKO

「箱は㋮のつく水の底！」の感想をお寄せください。
おたよりのあて先
〒102-8078　東京都千代田区富士見2-13-3
角川書店アニメ・コミック事業部ビーンズ文庫編集部気付
「喬林　知」先生・「松本テマリ」先生
また、編集部へのご意見ご希望は、同じ住所で「ビーンズ文庫編集部」
までお寄せください。

箱《はこ》は㋮のつく水《みず》の底《そこ》！

喬林《たかばやし》　知《とも》

角川ビーンズ文庫　BB4-16　14219

平成18年5月1日　初版発行

発行者————井上伸一郎
発行所————株式会社角川書店
東京都千代田区富士見2-13-3
電話／編集　(03)　3238-8506
営業　(03)　3238-8521
〒102-8177　振替00130-9-195208
印刷所————暁印刷　製本所————BBC
装幀者————micro fish

ISBN4-04-445216-4 C0193 定価はカバーに明記してあります。